Paul Katsitis

Mykonos Crime ©

Goldrausch

Zuletzt erschienen in dieser Reihe
(Deutsch/Griechisch)
Mykonos Crime 20 Darknet
Mykonos Crime 21 Yariv
Mykonos Crime 22 Pontifex
Mykonos Crime 23 Sisa
Mykonos Crime 24 Lebendig begraben
Mykonos Crime 25 Schläfer
Mykonos Crime 26 Smyrna
Mykonos Crime 27 Goldrausch

Frühere Bände: siehe hinterer Buchteil

Bisher erschienen auf Englisch:
Mikonos Crime 1: Abducted
Mikonos Crime 2: Confusion
Mikonos Crime 3: The prince
Mikonos Crime 4: Spy
Mikonos Crime 5: Beast
Mikonos Crime 6: Nightkids
Mikonos Crime 7: Yariv

Paul Katsitis

Mykonos Crime© 27

Goldrausch

Tod im Bergwerk

Impressum

Titel: Shutterstock, Katsitis

Innenteil Shutterstock/ Istockphoto

Copyright Paul Katsitis 2021: **Der Inhalt als auch Buch- und Reihentitel sowie der Autorenname sind urheberrechtlich geschützt oder unterliegen dem Titelschutz. Jedwede Verwendung ist strafbar.**

ISBN 9783754341797

Herstellung und Verlag: BoD – Books on Demand, Norderstedt

Angelos Nikakis, 31, ist nicht nur der Hauptkommissar auf Mykonos, sondern auch Bürgermeister der Insel. Sein erster Mann, **Alex,** starb.

Sein Ehemann ist ein Kollege:
Yariv Nikakis, 28, ursprünglich Kommissar in Athen. Beide trafen sich im Rahmen von Ermittlungen und verliebten sich ineinander. Da Yariv nur 1,75 m groß ist, ergab sich sein Spitzname von allein: Kleiner. Sein Hobby: Malen.

Abu Bakar, 38, beherrscht den Drogenhandel in der Ägäis. daher waren er und Kommissar Angelos Nikakis per se Feinde. Doch dann schließen die beiden ein Friedensabkommen der besonderen Art – und wurden Freunde.

Gabriel Markarov, 35, ist Angelos´ rechte Hand im Rathaus. Er sitzt seit einem Schusswechsel im Rollstuhl. Da die Kugel eigentlich Angelos galt und sich Gabriel in die Schussbahn warf, fühlte sich Angelos verpflichtet, ihm zu helfen.

Maria Karnezis, 29, ist Leiterin der „normalen" Polizeistation (Dimotiki Astinomia).

Alessandros Mantzaris, 67, ist Amtsrichter auf Mykonos.

Antonis Migiakis, 55, ist griechischer Premierminister.

Khaled al-Mussawi, 27, ist Angelos´ Ex-Partner und kam mit der Trennung nicht zurecht. Er sinnt auf Rache.

*To my beloved Ioanna from Ioannina and sorry,
that I have to kill you in the next book.*

1

Mykonos, 26. März 1955

Antonis Bonis´ Beine waren schwer. Jeder Meter, den er die Matogianni hochlief, war eine Qual. Es war Freitag und die Arbeit der letzten vier Tage ließ jeden einzelnen Muskel aufjaulen.

Aber immerhin hatten er und seine Familie genug zu essen und das war keineswegs selbstverständlich in diesen Jahren. Seine besten Freunde waren immigriert und auf die ganze Welt verteilt.

Dann kam Mykobar und eröffnete die ersten Bergwerke im Nordosten der Insel. Praktisch alle Männer und Frauen auf Mykonos arbeiteten dort. Die Männer im Stollen, die Frauen in der Sortierungsanlage in Kalo Livadi.

Aber es war eine Knochenarbeit. Die Hitze. Die grausame Hitze im Erdinneren, die jeden Bergwerksarbeiter plagt. Kam man nach zehn Stunden aus dem Stollen heraus, sorgte der Meltemi, der kalte Nordwind. dafür, dass man sich im besten Falle eine Erkältung zuzog.

Antonis Bonis lief durch die tote Gasse. Der Schuhmacher, der Metzger und der Korbmacher schliefen noch.

Es war fünf Uhr morgens.

Er erreichte den Fabrika-Platz, wo die alters-schwachen Deutz-Busse warteten. Den eigent-lichen Namen des Platzes kannten viele nicht mehr. Mit der Busfahrt begann der Weg zu den Fabriken – und er war so beschwerlich, dass die Fahrzeuge den Weg von unten hoch nach Drafaki nur unter Ächzen und Stöhnen schafften. Die restlichen zehn Kilometer waren auch nicht besser, denn asphaltiert war zu dieser Zeit keine einzige Straße auf Mykonos, wofür auch: niemand besaß ein Auto. Strom gab es nur bis zehn Uhr abends.

Antonis Bonis war eingeschlafen und noch ganz benebelt, als der Bus das Bergwerksgelände erreichte. Jeden Tag mussten die Bergarbeiter an der kleinen Kapelle vorbeilaufen, die der heiligen Barbara gewidmet war und an die Toten der Schächte erinnerte.

Antonis musste zu Schacht vier, dessen Eingang am Fuß eines Berges lag und zunächst flach verlief. Mit jedem Meter ging es tiefer und es wurde wärmer.

Wenn nur die Hitze nicht wäre.

„Yassu, Antonis. Te kanete?", fragte Yannis, ein junger Kollege, der mit seiner guten Laune alle nervte.

„Frag nicht. Ich bin zu alt für den Scheiß", knurrte Antonis und lief weiter. Er musste zu Sektion vier. Das Baryt wartete darauf, abgebaut zu werden. Plötzlich hörte er ein Tröten. Eine Sprengung in einem anderen Schacht. Der Berg erbebte und Antonis hörte er ein lautes Knarzen.

Wenige Sekunden später brach die Verschalung ein und begrub Antonis Bonis.

Er folgte dem Ruf von Santa Barbara und wurde Opfer Nummer acht.

Die Nummern neun und zehn folgten erst 15 Jahre später und sollten Hauptkommissar Angelos Nikakis zum Fluchen bringen. Denn niemand, wirklich niemand auf Mykonos, betrat freiwillig das alte Mykobar-Gelände.

2

Obwohl das Gewitter der Ereignisse erst aufzog, war es kein angenehmer Tag für Kommissar und Bürgermeister Angelos Nikakis. Es war einer jener Tage, an denen er seine Entscheidung, Bürgermeister von Mykonos zu werden. verfluchte.

„Hör auf dich zu beschweren. Nicht auszudenken, wenn du nur noch Kommissar wärst. Du würdest den ganzen Tag rollig durchs Haus tigern und mich noch öfters zum Sex nötigen. Angesichts deines Mastes mein sicherer Tod. Du bleibst Bürgermeister. Basta", lautete Yarivs Kommentar. Und zuhause hatte Angelos´ Ehemann, genannt „Kleiner" oder „Lockenköpfchen", die Hosen an.

Und so musste Angelos Nikakis mitunter leiden – so wie heute Mittag. Vor zwölf Uhr war Angelos nicht ansprechbar und jeder auf der Insel wusste, dass es bei einem Anliegen besser war, am Nachmittag vorzusprechen oder anzurufen. Nur Dimitris Makris wusste es offensichtlich nicht.

„Die 200 Euro-Strafe war mehr als gerechtfertigt. Du hast keinen Waffenschein und auch so fuchtelt man nicht mit einer Schrotflinte herum. Schon gar nicht im Streit mit Touristen! Und es nicht das erste Mal, wie du sehr wohl weißt", sagte Angelos Nikakis, noch relativ ruhig.

„Dieses Gesindel aus Sri Lungo hat im Wasser-
teich meines Esels gebadet. Und Apollon war
nicht erfreut", entgegnete Dimitris Makris.

„Es heißt Sri Lanka und wer zum Teufel ist
Apollon?", knurrte Angelos.

„Mein Esel. Diese Barbaren halten die Tränke für
den Pool!"

„Ich habe dir schon beim letzten Mal gesagt:
stell ein Schild auf. Oder mach einen Zaun
herum!"

„Einen Zaun? Apollon braucht seinen Freiraum!"
Da platzte Angelos der Kragen.

„Das elende Vieh hat sich seit zehn Jahren nicht
mehr bewegt! Selbst wenn die Touristen die Pest
hätten, würde Apollon nicht krepieren. Du zahlst,
machst einen Zaun drum und packst die
Schrotflinte in den Keller. Oder Apollon macht
einen Ausflug zu Pavlos!"

Pavlos war der örtliche Schlachtmeister.

„Dich wähle ich nicht mehr", entgegnete
Dimitris Makris trotzig.

„Dann lass Apollon wählen. Der ist nebenbei
auch intelligenter als du", blaffte Angelos und
knallte den Hörer auf.

Gabriel, Angelos´ rechte Hand im Rathaus, kam
in seinem Rollstuhl in das Amtszimmer gerollt.

„Wenn du mir Makris noch einmal durchstellst,
schubse ich dich in Elia den Berg hinunter",
knurrte Angelos.

„Er hat sich nicht abwimmeln lassen",
rechtfertigte sich Gabriel. „Außerdem wartet
das Boot auf dich!"

Stimmt, dachte Angelos. Der verfluchte Prozess vor dem Provinzgericht auf Syros.

Kein Bewohner von Mykonos betrat Syros freiwillig. Dass Syros die Provinzhauptstadt der Kykladen wurde, hatten die Mykonier nie akzeptiert. Und Bürgermeister Nikakis brachte die Regionalregierung regelmäßig zur Weißglut. Passte ihm eine Entscheidung nicht, rief er seinen Freund, Antonis Migiakis, seines Zeichens Premierminister der Hellenischen Republik, an und nervte diesen so lange, bis Migiakis nachgab und Angelos seinen Willen bekam.

„Gib es zu. Du freust dich auf den Auftritt. Du redest das Gericht schwindlig. Den Prozess kannst du nicht verlieren!"

„Da sagt unser Anwalt etwas anderes. Aber ich werde meinen Charme spielen lassen!"

3

Nikolaos Korres hatte ein ungutes Gefühl. Korres war der Anwalt der Reichen auf Mykonos. Mit Fachgebiet Zivil -und Strafrecht hatte er oft mit der Verwaltung und der Polizei auf Mykonos zu tun. Beide Institutionen waren in einer Person vereint: Angelos Nikakis.

Ja. Nikakis ist eine harte Nuss, intelligent und fintenreich, aber auch verlässlich.

Korres saß zusammen mit seinem Mandanten, Stefanos Kapino, auf der Klägerbank im Gericht von Syros.

Die Rechtslage war eindeutig. Diesen Prozess gewinnen wir. Doch irgendwo in seinem Kopf meldete eine Synapse Gefahr.

Kurz danach betrat Angelos Nikakis das Gericht – wie immer gutaussehend, lächelnd und mit einer hautengen Jeans bekleidet, die mehr offenbarte als verbarg.

„Schau dir die blöde Schwuchtel an", knurrte Kapino.

„Stefanos, halt bitte die Klappe. Du schießt dir sonst selbst ins Bein", antwortete Korres leise.

Das Gericht, bestehend aus zwei Richtern und einer Schöffin, betrat den Raum.

Dann begriff Korres.

Der eine Richter war Dimitris Pelkas. Mitte fünfzig und noch immer ledig. Jeder wusste, dass er an Wochenenden nach Athen fuhr und sich dort mit jungen Männern vergnügte.

Die Schöffin war eine junge Frau, vielleicht 25, die Angelos anstarrte, als wäre er eine göttliche Erscheinung.

Korres schaute hinüber zu Angelos Nikakis. Der nickte und grinste breit.

Das war´s, dachte Korres – und er behielt recht.

Drei Stunden später setzte der Vorsitzende Richter zur Verkündung an:

„Auch wenn die bisherige Rechtsprechung das Eigentumsrecht als vorrangig angesehen hat, schließt sich die Kammer der Argumentation der Gemeinde Mykonos an. Eine Aufhebung des Bauverbotes auf dem Gelände der Mykobar S.A. in Kalo Livadi würde zum Bau von touristischen Betrieben führen, wobei aber die Gesundheit der Gäste zu Schaden kommen könnte. Wie Bürgermeister Nikakis ferner zu Recht anführte, könnten durch Baumaßnahmen Umweltgifte freigesetzt werden, die zur Verunreinigung naheliegender Strände führen würden. Gegen die Entscheidung kann keine Berufung eingelegt werden. Die Kosten des Verfahrens trägt der Kläger. Die Sitzung ist geschlossen!"

Stefanos Kapino saß regungslos da und schien einem Schlaganfall nahe. Anwalt Korres zog ihn aus dem Gerichtsgebäude und platzierte ihn in einem kleinen Café.
„W-wie k-konnte das passieren?"
„Der Sack kannte die Besetzung des Gerichts und hat seine körperlichen Vorzüge zur Geltung gebracht", sagte Korres.
„Du willst sagen, dass sein dicker Schwanz den Ausschlag gegeben hat?", schnaubte Kapino.
Prolet, dachte Korres und sagte nichts.
„Zwölf Millionen. Soviel habe ich heute verloren. Das war das letzte Angebot und nun bekomme ich: NICHTS. Alles wegen dieses beschissenen Hinterladers!"

Kapino hielt kurz inne.

„Aber dafür wird er bezahlen. Ich habe Freunde. Mächtige Freunde. Und die kann er nicht mit seiner Hose beeindrucken", zeterte Kapino.

„Ich kann dich nur warnen. Angelos Nikakis hat beste Verbindungen. Manchmal muss man eine Niederlage akzeptieren!"

„Ich war der Chef von Mykobar. Meine Bergwerke haben den Hunger auf Mykonos beendet. 90 Prozent arbeiteten direkt bei mir. Der Rest war indirekt abhängig von den Minen. Ich war der Retter dieser Insel. Ohne die Minen wäre Mykonos heute eine verlassene Insel. Da könnte man etwas dankbarer sein!"

„Nun mach mal halblang. Erstens gehörte Mykobar weder dir noch deinem Vater. Es war eine amerikanische Firma und der eigentliche Retter war dein Vater. Du warst nur der letzte Geschäftsführer. Und mit dir ging die Firma unter", entgegnete Korres, der es sich leisten konnte, einen Mandanten wie Kapino zu verlieren.

„Was kann ich dafür, dass die Baryt-Vorkommen erschöpft waren und die Amerikaner sich zurückgezogen haben? Außerdem fanden wir kaum noch Bergarbeiter. Alle wollten nur noch eine saubere Arbeit und wanderten in den Tourismussektor ab!"

In diesem Moment lief Angelos Nikakis an dem Tisch vorbei.

„Ah, Herr Anwalt. Ihr Mandant nimmt sicher die Fähre. Aber Sie können gerne auf meinem Boot mitfahren, wenn Sie wollen!"

Nikolaos Korres wollte.

Nach wenigen Schritten sagte Korres:

„Mein Kompliment, Herr Bürgermeister. Auch wenn das unter der Gürtellinie war. Im wahrsten Sinne des Wortes!"

„Sagt ein Anwalt", entgegnete Angelos vergnügt.

„Ich habe kein gutes Gefühl bei Kapino. Sicher: es geht um viel Geld. Aber bei ihm ist es persönlich. Irgendetwas ist da im Gange mit Mykobar!"

„Mykobar ist 1985 aufgelöst worden", sagte Angelos.

Korres schüttelte den Kopf.

„Die Produktion wurde eingestellt, die Gesellschaft aber blieb bestehen und gehört heute immer noch einem amerikanischen Konzern, auch wenn sie nichts wert ist!"

„Und worauf beruht nun Ihr unangenehmes Gefühl?", fragte Angelos.

„Darauf, dass das Honorar für diesen Prozess von der Muttergesellschaft von Mykobar bezahlt wird. Dazu muss man wissen, dass Kapino nur das Gelände in Kalo Livadi gehört. Die Minenanlagen sind immer noch im Besitz der Amerikaner!"

„Was mir wenig Sorgen bereitet. Für das Gebiet gilt nicht nur das Bauverbot, es steht sogar unter Denkmalschutz", sagte Angelos und grinste.

„Ich weiß. Als Industriedenkmal. Der nächste Winkelzug des Herrn Bürgermeisters!"

„Sie wissen genau, dass ich nur so die Müllverbrennungsanlage verhindern konnte", sagte Angelos.

„Wofür Ihnen fast ganz Mykonos dankbar ist. Auf Syros hingegen war man, nun sagen wir: not amused!"

„Weil die Provinzregierung den Dreck woanders loswerden musste", knurrte Angelos. „Wie heißt die Muttergesellschaft eigentlich?"

Korres grinste.

„Green Mining International!"

Angelos brach in Gelächter aus.

„Also grüne Kohle? So ist das 21. Jahrhundert. Dreck und Elend wird einfach neu gebrandet!"

„Ja, aber GMI ist wenig zimperlich. Als letztes Jahr ein Journalist im Kongo über die Kinderarbeit in den Kobaltminen berichten wollte, ließ GMI ihn entführen. Gefunden hat man ihn am Victoria-See. An verschiedenen Plätzen, denn er war nur noch ein Körperpuzzle!"

„Wie charmant", meinte Angelos und half Korres auf das Boot, das beide zurück nach Mykonos bringen sollte.

Mykobar. GMI.

Ich sollte mich informieren, dachte Angelos. Präventiv. Wen könnte ich …. Richtig. Mantzaris´ Vater hatte noch in den Minen gearbeitet. Jede Drachme hatte er gespart, um seinem Sohn ein besseres Leben bieten zu können. Und dieser Sohn war heute der Amtsrichter von Mykonos.

4

Houston

„Wie heißt diese Insel? Nukomos?!"
Chris Keller verdrehte die Augen.
Finanzvorstände. Sie können dreißig Index-Charts auswendig zeichnen, wissen aber nichts über das Geschäftsfeld des eigenen Konzerns.
„Gut. Machen wir einen Grundkurs. Mitch, fahr die Powerpoint ab!"
Auf dem riesigen LED-Schirm erschienen die Umrisse von Mykonos.
„Das ist Mykonos, gehört zu Griechenland. Grob gesagt liegt es zwischen Griechenland und der Türkei. Heute ist es eine Touristeninsel. Aber es war eine Bergwerksinsel. Ursprünglich bettelarm, dann kamen wir, oder besser: unsere Vorgängerfirma. Mykobar. So heißt die Firma, die wir vor Ort gründeten hatten!"
„Wir hatten also Minen auf Nu … äh … Mykronos", sagte Ellis, einer der Finanzvorstände.
Chris Keller verbesserte ihn nicht. Es war hoffnungslos.
„Ja. Auf *Mykonos* gab es die ergiebigsten Baryt-Vorkommen in ganz Europa!"
„Und wozu braucht man das Zeug?"
„Ellis, wir sind ein Öl- und Gaskonzern. Es ist doch nicht zu viel verlangt, wenigstens ein bisschen Ahnung von unserem Geschäft zu haben!"

„Wozu? Wir kümmern uns darum, den Gewinn eines Unternehmens möglichst gut anzulegen. Woher das Geld kommt, ist uns egal", sagte Ellis mit demonstrativer Gelassenheit.

„Baryt braucht man für das Anbohren von Gas- und Ölfeldern. Ohne läuft nichts. Das Problem ist: die Nachfrage ist deutlich gestiegen und damit natürlich der Preis. Zumindest das kannst du nachvollziehen, oder? Um deutlich zu werden: Seit der Stilllegung der Minen auf Mykonos 1983 hat sich der Preis verzwanzigfacht", sagte Keller.

Jetzt war Ellis aufgewacht. Das waren Spannen, die ihn interessierten.

„Wir brauchen also das Zeug für unser Kerngeschäft und könnten den Rest teuer verkaufen!"

„Immer langsam. Auf Mykonos wurde das seltene weiße Baryt gefördert. Es ist noch teurer. Nun waren die Minen damals nicht erschöpft – es war schlicht nicht mehr rentabel!"

„Dann sperren wir die Dinger wieder auf", sagte Ellis lapidar.

„Das geht nicht so einfach. Das Gelände gehört uns zwar noch, außer der früheren Sortier- und Verladestelle, die heute eine Ruine ist …"

Dass diese Verladestelle dem Geschäftsführer für 1 Dollar überlassen wurde und heute 12 Millionen wert war, ließ Keller unerwähnt.

„… aber es ist gesperrt und der Bürgermeister hat die Minen unter Denkmalschutz gestellt", sagte Keller.

„Ein Bürgermeister? Ist das dein Ernst? Seit wann interessiert uns ein Ortsvorsteher? Ein bisschen drohen oder eine aufs Maul hauen: so macht man das. Wenn nicht, kaufen wir ihn. So haben wir das schon immer gemacht. Im Kongo, in Nigeria und in Oganda!"

„Uganda. Unsere Methoden kenne ich am besten, denn ich muss mich darum kümmern. Es geht aber noch um etwas anderes. Die letzten Gutachten aus den Achtzigern sprechen von Goldvorkommen, damals aber ebenfalls nicht rentabel. Um wieviel hat sich der Goldpreis seit den Achtzigern gesteigert? Zumindest das weißt du bestimmt, Ellis!"

„Faktor fünf!"

„Richtig. Wir bauen also beides ab. Baryt und Gold. Dazu müssen wir den örtlichen Bürgermeister ausschalten. Ich habe einen Plan", sagte Keller.

„Können wir diesen Bürgermeister nicht einfach neutralisieren?", fragte Ellis.

„Nein. Erstens ist Griechenland nicht der Kongo. Zweitens ist der Bürgermeister ein persönlicher Freund des Premierministers. Und drittens – der wichtigste Punkt: der Herr hat Verbindungen zum Mossad. Ich habe in Washington nachgefragt. Man hat uns dringend zu einem subtilen Vorgehen geraten. Aber alles der Reihe nach. Stufe eins wäre die Entsendung von zwei Geologen!"

„Und? Davon haben wir doch wohl genug", sagte Ellis bestimmt.

„Es dürfen keine Angestellten von uns sein. Ich habe daher zwei Studenten der Universität Dallas beauftragt. Im Gegenzug erhalten sie ein Stipendium", erklärte Keller.

„Ich gehe davon aus, dass die zwei das Stipendium nicht mehr in Anspruch nehmen werden können", meinte Ellis grinsend.

„Könnte sein", sagte Keller. „Ich habe mir das so gedacht …"

5

Im Haus der Herren Nikakis in Ornos, wenige Meter hinter dem Kite-Surfer-Strand, war die Stimmung – nach dem Sex – gewohnt entspannt.

Yariv lachte laut.

„Du hast die enge Jeans angezogen, weil du wusstest, dass einer der Richter schwul ist?"

„Na, zu irgendetwas muss das Ding ja gut sein, außer meinen Ehemann zu traktieren!"

„Der Ehemann liebt ihn so, wie er ist. Und was war mit der Schöffin?"

Angelos grinste.

„Das war Maria, bis letztes Jahr Bedienung im ‚Da Vinci'. Sie ist nach Syros gezogen und ich glaube, wir haben uns zum Abschied geküsst. Und ich küsse Frauen normalerweise nicht. Man weiß ja nicht, was man sich da holt!"

„Heißt: auch sie gehört zu deinem Fanclub. Soviel zur Unabhängigkeit der Justiz", meinte Yariv und lachte laut.

„Aber es ist ein Pyrrhussieg. Ich konnte ein Projekt stoppen, zwanzig andere laufen weiter. Resorts wie in Dubai. Ich kann nur verzögern, die Baugenehmigung verweigern. Dann läuft es wie immer: die Provinzregierung, allesamt Gauner, hebt meine Bescheide auf – jeder weiß, was da passiert - und dann baut man fröhlich. Letzte Woche hat Syros ein Riesenprojekt in Ftelia genehmigt!"

„Aber das ist ein Nordstrand. Da sind keine Sonnenstühle und Sunbeds erlaubt. Obwohl: Panormos ist auch schon zugepflastert. Wie kann das sein?"

„Eine Firma aus Saloniki, hinter der die Russenmafia steht und die schmieren von Athen bis Kreta jeden. Oder versenken ihn in der Ägäis. Aber Ftelia ist wirklich bitter. Ein Strand ohne Bebauung, vollkommen naturbelassen – und ich habe keine Handhabe", sagte Angelos resignierend.

„Gibt's keine Ägäis-Schildkröte, die dort Eier legt?", fragte Yariv eher aus Spaß.

Angelos rumpelte hoch.

„Was ist?", fragte Yariv.

„Die EU-Richtlinie 546. Schutz von bedrohten Arten. Jetzt brauche ich nur noch ein passendes Vieh. Wenn Brüssel das Projekt stoppt, springen oft die Investoren ab. Was ist ein typisches Tier auf Mykonos?"

„Geldgierige Aasgeier", sagte Yariv.

Angelos lachte.

„Eidechse. Die mykonische Eidechse. Wir fangen ein paar normale und pinseln ihnen ein bisschen Farbe auf. Kleiner, du hast dir soeben eine Belohnung verdient! Und vielleicht benennt man die neue Eidechse als Lacertidae yarivis!"

Yariv lachte.

„Und jetzt freu dich ein bisschen über den heutigen Sieg. Weißt du eigentlich, dass ich noch nie in Merchias war, geschweige denn bei den Minen?"

„Dann machen wir das gleich morgen, bevor wir mit Mantzaris´ Vater sprechen. Aber ich muss dich warnen. Greenpeace nennt den Landstrich das griechische Tschernobyl!"

Es war die letzte ruhige Nacht, denn schon am nächsten Tag gab es die ersten Toten.

Mykobar und Green Mine International würden losschlagen. Und auch vor Angelos´ Privatleben nicht Halt machen.

6

Mykonos, Nordosten (Merchias)

Steven und Jeff konnten ihr Glück noch immer nicht fassen. Seit dem Besuch des GMI-Mitarbeiters in ihrer WG hatten sie das Gefühl, über sich zu schweben. Eine Europareise und vor allem: sie bekamen jeder ein Stipendium und würden die horrenden Studiengebühren nicht mehr selbst bezahlen müssen. Die Untersuchung der Minen wäre auch das ideale Thema für ihre Promotion.

Das große Appartement in Merchias trug zusätzlich zu ihrer guten Laune bei.

Selbst ein Jacuzzi dampfte auf dem Balkon vor sich hin.

„Mr. Kapino ist in zehn Minuten hier, um Sie abzuholen. Sie sollten Ihre Geräte und Unterlagen vorbereiten", sagte der Vermieter.

Eine Stunde vorher hatten sich Angelos und Yariv auf den Weg gemacht. Schon kurz hinter Ano Mera wurde die Bebauung lichter. Hinter dem Schilf waren weder Autos noch Menschen zu sehen. Noch fuhren sie durch den vorzeigbaren Teil des Ostens, den kleinen Canyon.

Fünf Minuten später fiel Yariv der Unterkiefer herunter.

„Das gibt´s doch nicht. Zehn Minuten entfernt schieben sich die Massen durch die Chora und hier fühlt man sich wie auf dem Mond"

Sie fuhren an einer der illegalen Müllkippen vorbei.

„Korrigiere: das wäre eine Beleidigung des Mondes!"

Sie erreichten die Hauptstollen und die verlassene Siedlung. Von den Gebäuden standen nur noch Gerippe. Mit einer Ausnahme.

„Überall sieht es aus wie nach einem Krieg, aber die Kapelle ist frisch gestrichen", sagte Yariv leicht amüsiert.

„Wie alle 220 Kapellen der Insel. Und diese hier ist eine besondere: sie ist der heiligen Barbara gewidmet, der Schutzheiligen der Bergleute. Auf dem Friedhof liegen die Toten der Mine. Aber lass dich nicht täuschen: der Boden ist hochgradig verseucht. Man hat Quecksilber benutzt wie Wasser!"

„Es ist schlicht deprimierend. Lass uns gehen", sagte Yariv.

Sie fuhren zurück nach Ano Mera und hielten vor einem kleinen Haus an der Straße nach Kalafati. Davor wartete bereits Richter Mantzaris, sichtlich nervös.

„Was hat er denn?", fragte Yariv leise.

„Äh, sein Vater ist ein wenig speziell", antwortete Angelos.

Uns so lautete der Begrüßungssatz:

„Bitte, Angelos. Mein Vater ist ein Rüpel, also nimm es nicht persönlich", sagte der Richter.

Sie betraten das Häuschen und machten eine Zeitreise in die Sechziger. Deckchen auf dem Tisch, Ikonen und: kein Fernseher.

Christos Mantzaris saß in seinem Rollstuhl und sah aus wie 120.

„Ah. Ein seltener Besuch meines Sohnes. Und im Schlepptau der Herr Bürgermeister, der sein Ding in andere Männer steckt", sagte Christos und grinste zahnlos.

„PAPA", rief der Richter.

„Er steckt nur in mir", stellte Yariv lapidar fest.

„Nun, wenn ich an meine Schwiegertochter denke, wäre es wohl besser gewesen, mein Alexandros hätte auch das Ufer gewechselt!"

„PAPA!"

„Schon gut. Wissen Sie, Herr Nikakis, Sie müssen wissen, dass sich mein Sohn für mich schämt. Ich bin nun mal Bergmann, da spricht man Tacheles. Sie wollen mehr über Mykobar erfahren? Gerne. Mich hat schon gewundert, dass sich niemand für diese Banditen und Mörder interessiert", sagte Mantzaris senior. „Hinsetzen und Zuhören!"

Der Alte holte tief Luft.

„Gut. Sie wissen vielleicht, dass man in den Fünfzigern nur eine Wahl hatte: weggehen oder verhungern. So einfach war das. Es gab hier nichts. Nicht mal Landwirtschaft. Durch den Wind wächst hier außer Gestrüpp nichts. Liegt auch am Boden. Granitoid, wenn Sie das wissen!"

„Herr Nikakis weiß das – er ist der Bürgermeister", sagte Mantzaris junior (67).

„Das heißt gar nichts. Die meisten waren entweder korrupt oder strohdumm!"

„Angelos ist keines von beidem. Mykobar, Papa!"

„1955 kamen die Amis. Praktisch jeder bekam Arbeit. Selbst die Fischer arbeiteten in den Minen. Es war weniger gefährlich als aufs Meer zu fahren. Und der Lohn war passabel – in einer Zeit des Hungers. Aber die Arbeit war hart. Arbeitsschutz gab es nicht. Die Frauen tauchten beim Waschen ihre Hände in Quecksilberwasser. Und die Stollen wurden nicht verschalt. Da kann nichts passieren – es ist ja Granit, sagten sie. Am Schlimmsten war Stefanos Kapino. Er ist den Amis in den Arsch gekrochen, hat jeden Kumpel verpfiffen und wurde als Belohnung erst Vorarbeiter und dann Geschäftsführer vor Ort. Hat sich aufgeführt, als gehöre ihm der Laden. Aber die Amis haben ihn machen lassen.

Als er starb, wurde sein Sohn Betriebsleiter. Hauptsache die Zahlen stimmten. Dann kam einer von der Gewerkschaft und hat Zettel verteilt. Auf denen stand, was Mykobar verdiente, was das Baryt wert war. Dagegen waren die Löhne ein Witz. Der Gewerkschaftler wollte am nächsten Tag wiederkommen – er tauchte nie mehr auf. Eine Woche später kam ein anderer und erzählte uns, dass der erste verschollen war. Keine Frage, sie haben ihn umgebracht. Da waren wir uns alle einig. Aber was hätten wir tun sollen? Mykobar beherrschte Mykonos. Der Bürgermeister war eine Marionette, der bezahlt wurde. Dann sind die ersten Unglücke passiert. Die Stollen sind doch eingebrochen. Logisch. Aber von einer Verschalung war dennoch nie die Rede. Zu teuer und unnötig. Aber wenn du nicht weißt, wovon du deine Kinder ernähren sollst, dann bleibst du halt. Ich wollte, dass es mein Sohn besser hat. Er war zwar nicht der Hellste, aber zum Richter auf Mykonos hat's wenigstens gereicht!"

„PAPA!!"

„Ihr Sohn ist ein angesehener Richter und viel wichtiger: er ist ein guter Mensch", sagte Angelos.

„Ja, das ist er wohl!"

„Wir waren bei den Toten. Laut den Unterlagen gab es acht. Es muss doch Untersuchungen gegeben haben!"

Der Alte lachte. Es klang wie ein Luftballon, bei dem die Luft entweicht, gefolgt von einem Hustenanfall.

„Sie haben Humor. Da waren schon die Militärs an der Macht in Athen. Die Gewerkschaften waren verboten und mit der Polizei wollte niemand reden. Mykobar ließ jegliche Sicherheitsmaßnahmen sausen und es verging kein Monat ohne Unfälle. Manche verloren ein Bein. Das waren diejenigen, die Glück hatten. Viele starben bei Verkehrsunfällen!"

„Wie das?", fragte Yariv.

„Schauen Sie sich doch die Straßen an", sagte der Alte.

„Man schaffte das Zeug vom Norden bis hinunter nach Kalo Livadi ...", begann Angelos.

„...weil das Meer dort ruhiger ist. Kapiert", sagte Yariv.

„Die Lastwagen waren überladen, die Straßen bessere Feldwege und so mancher stürzte in den Abgrund!"

„Was schätzen Sie: wie viele Männer sind tatsächlich gestorben? Schätzungsweise?", fragte Angelos.

„Ich bin nicht verblödet. Es waren meine Kollegen, Freunde. Ich weiß die Zahl genau: dreißig!"

Angelos und Yariv sahen sich ungläubig an.

„Aber irgendjemand muss doch tätig geworden sein", sagte Angelos.

„Natürlich. Die verschwanden dann über Nacht und landeten auf Gyaros!"

„Die Todesinsel", meinte Yariv.

„Ja. Es waren finstere Zeiten. Heute ist es scheinbar besser. Aber der Kapitalismus trägt heute nur eine freundlichere Maske, die Methoden werden sich nie ändern!"

„A-aber was ist mit den Leichen passiert? Bei St. Barbara sind nur acht Gräber. Liegen einige am Fabrika-Platz?", fragte Angelos.

Am Fabrika lag der Hauptfriedhof der Insel – einer der schönsten in der Ägäis.

„Sind Sie verrückt? Kapino hat dafür gesorgt, dass niemand unten beerdigt wurde. Selbst hier oben waren bei Beerdigungen nur zehn Familienmitglieder erlaubt und wir mussten weiterarbeiten. So war das in der Diktatur. Einer zweifachen. Mykobar und Athen!"

„Das Ganze war erst vorbei, als die Vorkommen erschöpft waren", vermutete Angelos.

Der Alte lachte.

„Von wegen. Nördlich der alten Stollen gibt es noch riesige Mengen. Kapino hat sich im Suff einmal verplappert. Aber der Preis lag damals bei 500 Dollar pro Tonne, weil immer mehr Minen in Afrika erschlossen wurden. Die bekamen noch weniger Lohn und waren praktisch Sklaven. Außerdem kündigten immer mehr Kumpel, weil der Tourismus zunahm und das eine saubere, ungefährliche Arbeit war. Dann wurde der Laden dichtgemacht. Aber Baryt gibt es dort noch zuhauf. Und zwar weißen. Heute kostet die Tonne 9.000. Zumindest war das der letzte Preis am Freitag in Chicago!"

„W-woher weißt du das, Papa?", fragte Richter Mantzaris.

„Sehen Sie: er ist doch etwas beschränkt. Aus dem Internet, woher sonst?"

„Überall, wo es stinkt, taucht der Name Kapino auf", sagte Angelos.

„Ah. Sie mögen ihn auch nicht?", fragte der Alte.

„In erster Linie mag ER mich nicht. Verständlich: ich habe ihn um zwölf Millionen gebracht. Er kann die alte Zentrale in Kalo Livadi doch nicht verkaufen!"

„Ach Sie waren das? Dann sind wir ab sofort beste Freunde. Wie haben Sie das angestellt? Haben Sie den Richter gefickt?"
„PAPA!!"

7

Die Herren Nikakis lagen auf ihren Sunbeds, als Angelos´ Handy brummte.
Es war Maria, Leiterin der normalen Polizei.

„In Metallia ist ein Stollen eingestürzt. Angeblich sind zwei Personen verschüttet!"

„In den alten Bergwerken? Da waren wir erst vor ein paar Stunden", sagte Angelos.

„Ich habe die Feuerwehr schon alarmiert. Übernimmst du?"

„Wer hat angerufen?"

„Stefanos Kapino", sagte Maria.

„Dann ist etwas faul. Wir fahren hin", sagte Angelos.

Angelos und Yariv erreichten Metallia wenige Minuten nach der Feuerwehr.

Deren Kommandant Nikos ging auf Angelos zu und sagte:

„Zwei Geologen. Angeblich sind sie in Stollen vier gewesen, als die Decke einbrach!"

„Und woher weißt du das?"

„Von Kapino. Augenzeugen gibt es natürlich sonst keine. Hier fährt niemand freiwillig her. Aber eines muss ich dir gleich sagen: ich kann die zwei – wenn sie denn noch leben – nicht befreien. Ich habe nicht das passende Gerät und werde nicht das Leben meiner Leute riskieren. Nicht für Mykobar!"

Angelos nickte und ging auf Kapino zu, der am Stolleneingang wartete.

„Auf dieses so schnelle Wiedersehen hätte ich gerne verzichtet", sagte Angelos. „Was wird hier gespielt? Und was ist mit den zwei Geologen passiert?"

„Ein Unfall, wie er in jedem Bergwerk vorkommen kann. Ein Verschalungsbruch, ein Wassereinbruch, eine Schlagwetterexplosion ..."

„Erzählen Sie keinen Mist. Für einen Wassereinbruch braucht es Wasser. Das Grundwasser liegt hier tiefer als die Stollen. Und für Schlagwetter sind die Stollen nicht tief genug", blaffte Angelos.

„Ich wusste nicht, dass Sie Experte für Bergbau sind", sagte Kapino.

„Ein bisschen Hirn reicht dazu. Und was sollten die zwei Geologen hier?"

„Mykobar kümmert sich um seine Anlagen. Alle zwei Jahre überprüfen Geologen und Umwelttechniker das Gelände der Minen.

Stabilität der Stollen, geologische Veränderungen, Konzentration der Schwermetalle …"

„Ah. Also sind Mykobar und GMI nichts anderes als Schwester-Organisationen von Greenpeace", knurrte Angelos.

„Das trifft es ziemlich gut. Verantwortung für Natur und Mensch", sagte Kapino.

„Ja klar. Und der Papst eröffnet eine katholische Kondomfabrik mit Weihwasser als Gleitmittel. Wo ist es passiert?"

„Stollen vier. Die zwei sind rein, ich hab draußen gewartet!"

„Wie günstig für Sie", sagte Angelos grinsend.

„Ich habe mich vollkommen korrekt verhalten. Die Geologen arbeiten im Auftrag der Muttergesellschaft und nur sie sind unfallversichert!"

„Und was glauben Sie ist passiert?"

„Die zwei gingen in den Stollen. Nach fünf Minuten gab es eine Art Grollen und dann schoss eine Staubwolle aus dem Schacht", erklärte Kapino. „Ich bin sofort hingerannt, aber der Stollen ist zugeschüttet. Die Funkgeräte funktionieren auch nicht mehr. Ich kenne mich aus mit solchen Unfällen. Sind die Kumpel - oder in diesem Fall die Geologen - nicht direkt von dem Geröll erschlagen worden, haben sie nur noch geringe Chancen …"

„…denn dahinter ist zu wenig Luft. Es gibt keine Kammern, in denen eine Luftblase entstehen könnte", ergänzte Angelos.

„Exakt!"

„Nikos, Yariv! Die Maglites. Wir schauen uns das mal an. Wir nehmen die Helme der Feuerwehr", sagte Angelos in Richtung Kapino. „Denen kann man trauen!"

Sie kamen keine zehn Meter weit, als sich eine Wand aus Geröll auftat, die bis zur Decke reichte und mit großen Felsbrocken durchsetzt war.

„Und wenn wir oben einen Spalt freischaufeln, damit etwas Luft hineinkommt?", fragte Angelos.

Aber Nikos schüttelte den Kopf.

„Zu gefährlich. Die Decke könnte nachgeben. Es tut mir leid, Angelos, aber das riskiere ich nicht!"

„Du hast recht!"

„Es ist auch nicht notwendig", sagte Yariv und leuchtete eine Stelle am Boden aus.

Dort sah man eine Hand.

Angelos kniete sich hin. Die Hand war kalt.

„Das wird dann wohl eine Bergungs- statt eine Rettungsmission!"

„Nur wie?", fragte Nikos, der Feuerwehrkommandant.

„Keine Sorge", sagte Kapino. „Darum kümmern wir uns. Wir haben die nötige Erfahrung und die entsprechenden Geräte. Ich habe sie bereits angefordert. Sie kommen mit der Mittagsfähre. Es ist uns wichtig, dass die Angehörigen ihre Liebsten beerdigen können!"

„Amen. Und mir ist wichtig, dass geklärt wird, warum es zu diesem Zwischenfall kam", sagte Angelos.

„Es war ein Unfall", antwortete Kapino bestimmt.

„Das festzustellen, ist meine Aufgabe. Hier passiert nichts ohne meine Anwesenheit. Hinzu kommt morgen ein Beamter der Bergwerksdirektion in Athen", sagte Angelos.

Nur zu, dachte Kapino. Der steht bestimmt auf unserer Gehaltsliste.

Der Nordwind flaute auf und blies heftig über das ungeschützte Gelände.

„Großer, ich fahre hinunter zum Haus, um Jacken zu holen. Wir sind wohl noch länger hier", sagte Yariv.

Angelos nickte.

„Und ruf bitte die Botschaft in Athen an", rief Angelos hinterher.

„Schon erledigt", sagte Kapino.

„Sind Sie sicher, dass Sie das alles *nach* dem ‚Unfall' getan haben?", fragte Angelos und malte zwei Anführungszeichen in die Luft.

8

Zehn Minuten später hatte Yariv die Jacken in der Hand und war gerade dabei, das Haus zu verlassen, als es klopfte.

Yariv sah durchs Fenster und sah zwei Gestalten, bei denen man schon auf mehrere Kilometer Entfernung sehen konnte, dass sie Polizisten waren.

Einen davon erkannte er. Es war ein ehemaliger Kollege aus Athen. Ritsos. Korrupt bis ins Mark. Mit grimmigem Gesicht öffnete Yariv die Türe.

„Ah. Da ist er ja", sagte Ritsos. „Der ehemalige Kollege, der ans andere Ufer geschwommen ist!"

„Mach dir keine Hoffnungen. Du bist mir zu fett und zu ölig", entgegnete Yariv. „Was willst du hier?

„Wo ist denn der andere Hinterlader? Der große Nikakis?"

„Nicht da. Soll ich etwas ausrichten?"

Ritsos lachte.

„Ja. Wir haben einen Haftbefehl. Auf diesen Tag habe ich lange gewartet!"

Der zweite Polizist war nur Staffage. Er sagte nicht ein Wort.

Yariv hingegen lachte.

„Ein Haftbefehl für Angelos? Hast du den selbst geschrieben?"

„Du wirst dir in Zukunft selbst etwas in den Hintern schieben müssen. Dein Gatte kommt in den Knast", sagte Ritsos und drückte Yariv den Haftbefehl in die Hand.

Yariv starrte auf das Papier. Es war vom Amtsgericht auf Syros. Der Vorwurf: Verführung Minderjähriger und Vergewaltigung.

„Das ist doch wohl ein Scherz!"

„Mitnichten. WO IST ER?"

Doch Yariv schaltete schnell.

„Als Polizist solltest du wissen, dass Syros hier nicht zuständig ist. Mykonos hat ein eigenes Gericht, also muss der hiesige Richter den Haftbefehl gegenzeichnen!"

„Er hat recht", sagte der zweite Mann.

„Halt´s Maul", knurrte Ritsos.

„Das Gericht findest du sicher allein", sagte Yariv und knallte die Türe zu. Er ging in die Küche und ließ sich auf einen Stuhl fallen.

Was zum Teufel war das?

Mantzaris. Ich muss den Richter anrufen.

Nein, zuerst ...

Er rannte in den ersten Stock und dann zu der Ziehleiter, die aufs Dach führte.

Er konnte gerade noch sehen, wie der unvermeidliche schwarze Nissan, das Standardfahrzeug der griechischen Kripo, links Richtung Chora abbog.

Yariv war vollkommen durcheinander. Vielleicht war einer der Polizisten hiergeblieben, um das Haus zu beobachten. Wie komme ich dann unerkannt zu Angelos? Nein – erst den Richter anrufen!

„Das ist doch wohl ein Scherz", sagte Mantzaris ungläubig.

„Ich wollte, es wäre so. Bitte sag uns Bescheid, wenn du weißt, um was es geht. Wir gehen zu ‚Bill and Coo's'. Am besten wäre, du kommst vorbei, wenn es geht! Aber …"

„…schlage ein paar Haken. Ich bin zwar alt, aber nicht dumm. Ich höre ein Auto, das sind sie wohl. Ich melde mich!"

9

„Großer, du lässt alles stehen und liegen und kommst sofort zu ‚Bill and Coo's'. Frag nicht, warum. Ich bin in der Suite, in der wir schon einmal waren. Parke beim ‚El burro' und gehe hinten herum. Du bist in Gefahr. Und jetzt los!"

Angelos hatte keine Gelegenheit, die Frage ‚Warum' loszuwerden, aber er wusste, dass Yariv nicht zu Übertreibungen neigte.

„Kapino, wir sehen uns morgen", sagte Angelos und hatte das Gefühl, dass Kapino breit grinste.

Angelos befolgte die Anweisung, kletterte beim „El burro" über die Mauer und hangelte sich an der Bergkante entlang zu „Bill and Coo´s".

„Was soll das?", fragte er, als Yariv die Türe öffnete.

„Ritsos hat einen Haftbefehl gegen dich. Vergewaltigung und Sex mit Minderjährigen", sagte Yariv.

Angelos lachte.

„Das ist doch ein Witz. Keiner meiner Männer war unter 25. Und beschwert hat sich auch keiner von denen!"

„Aber es gibt diesen Haftbefehl und Ritsos ist fast geplatzt vor Freude und Selbstgefälligkeit!"

„Ritsos? Das Arschloch ist doch in Athen", sagte Angelos.

„Eben nicht. Er ist jetzt Kommissar auf Syros!"

„Dann ist irgendetwas im Gange. Aber ich habe in den letzten fünf Jahren nur mit drei Männern geschlafen: Alex, Khaled und du!"

„Und Yussuf", sagte Yariv.

Angelos verdrehte die Augen.

„Von mir aus. Ich bin verdammt noch mal Vergewaltigungsopfer und kein Täter", knurrte Angelos.

„Warten wir auf den Richter. Ritsos ist gerade bei ihm!"

10

K ommissar Ritsos. Welch zweifelhafte Ehre,
einen Kommissar aus Athen auf unserer
kleinen Insel empfangen zu dürfen", sagte
Richter Alexandros Mantzaris.

"*Haupt*kommissar, bitte. Zunächst möchte ich
meinem Befremden Ausdruck verleihen. Sie sind
ein persönlicher Freund des Angekl .., äh,
Beschuldigten und damit befangen. Daher
ergibt sich automatisch die Zuständigkeit des
Amtsgerichtes Syros, Herr Richter", antwortete
Ritsos.

"Herr *Ober*richter, bitte. Zunächst möchte ich
Ihnen sagen, dass es immer etwas anmaßend
ist, wenn Nichtjuristen einem Richter Vorträge
über Recht und Gesetz halten. Ich erkläre Ihnen
ja auch nicht, wie Sie einen Verkehrsunfall
aufzunehmen haben", meinte Mantzaris
vergnügt.

Ritsos lief knallrot an. Verkehrsunfall. Unver-
schämtheit.

"Aber ich halte Ihnen zugute, dass man in
Athen nur wenig Ahnung hat, wie das Leben
auf dem Land funktioniert. Wir sind hier auf den
Kykladen!"

"Und ich arbeite jetzt für die Kriminalpolizei auf
Syros", knurrte Ritsos.

„Ich nehme an seit etwa zehn Tagen. Das dürfte Ihre Wissenslücken nicht geschlossen haben. Auf unseren kleinen Inseln sehen sich Polizisten und der örtliche Richter beinahe täglich. Ob nun dienstlich oder nicht. Wäre dies ein Grund für Befangenheit, könnten wir die Rechtsprechung in der Ägäis einstellen. Ich erlaube mir daher, Ihren Antrag abzulehnen. Damit wäre der Haftbefehl gegen Herrn Nikakis, ausgestellt vom Amtsgericht Syros, ungültig. Die Ermittlungen leitet – wie Sie wissen – immer ein Richter, nicht die Polizei, somit ist ein ordnungsgemäßes Vorgehen garantiert. Es steht Ihnen natürlich frei, bei mir einen Haftbefehl zu beantragen. Dazu sollten Sie mir aber zunächst hinreichende Verdachtsmomente nennen oder Belege anführen. Zudem scheint es mir unnötig, Haft anzuordnen. Bei Herrn Nikakis besteht sicher keine Fluchtgefahr!"

„Nun, darüber ließe sich streiten, da er enge Verbindungen nach Israel hat. Abgesehen davon ist bei der Schwere der Tat eine Untersuchungshaft durchaus geboten. Nebenbei besteht durch seine Stellung als Bürgermeister Verdunklungsgefahr", sagte Ritsos lächelnd. Und das Lächeln beunruhigte Richter Mantzaris.

„Dann erklären Sie mir bitte, um was es hier geht!"

„Mit dem größten Vergnügen!"

Ritsos klappte das Notebook auf, stellte es vor Richter Mantzaris und tippte auf das Touchpad.

Es dauerte keine dreißig Sekunden, bis Mantzaris das Blut in den Adern gefror.

Was er sah, war eine Vergewaltigung. Eine brutale.

Der Junge schrie wie am Spieß.

Der Vergewaltiger war Angelos Nikakis. Es war sein Gesicht und sein ... nun, ein großes Geschlechtsteil.

Mantzaris sah, wie der Vergewaltiger jedwede Hemmung verlor und den Jungen fast vierteilte. Und dann diese Schreie.

Moment, dachte Mantzaris. Ich kenne den Jungen.

Dimitri.

Dimitri Leonidas.

Als Angelos von dem Jungen abließ, brach der in heftiges Schluchzen aus.

„Was führst du dich so auf? Du wolltest ihn. Jetzt hast du ihn bekommen", sagte der Vergewaltiger.

Und es war Angelos´ Stimme.

„Ich denke, damit ist klar, dass Ihr Superman in Wirklichkeit ein dreckiger Kinderficker ist", sagte Ritsos mit größter Befriedigung.

„Ich nehme an, dies ist eine Kopie?", sagte Mantzaris.

„Ja. Die CD lag vor drei Tagen in meiner Post. Kein Absender, Poststempel Athen!"

„Gut. Ich verfüge, dass jegliche Weitergabe an Medien oder sonstige Veröffentlichungen unterbleiben. Ansonsten betrachte ich dies als Missachtung des Gerichts", sagte Mantzaris.

„Selbstverständlich, Herr Oberrichter. Ich denke, das Material reicht für einen Haftbefehl, oder?"
Ja, dachte Mantzaris, sagte es aber nicht.
„Ich informiere Sie über meine nächsten Schritte. Sie dürfen gehen!"

11

Als Yariv aufstand, war er kreidebleich. Angelos spürte, dass sich etwas verändert hatte.
Yariv schaute ihm nicht mehr in die Augen. Auch Richter Mantzaris mied Angelos´ Blick.
„Seid ihr verrückt? Glaubt hier wirklich jemand, ich könnte das getan haben? Yariv, du bist mein Ehemann. Richter, du bist mein Freund", rief Angelos laut.
„Können wir uns auf die Fakten konzentrieren?", fragte Mantzaris. „Da wären zunächst die Fotos!"
„Bis auf eines alle falsch. Nur das Kussfoto ist echt", sagte Angelos verärgert. „Aber ich habe Dimitri nicht angefasst. Ich war mit Alex verheiratet!"
„Das ist kein besonders starkes Argument", sagte Mantzaris.

„ICH HABE DAS NICHT GETAN. Es ist eine Fälschung. Leider kann Dimitri nicht mehr aussagen!"

„Warum?", fragte Yariv, schaute aber aufs Meer.

„Weil er tot ist", knurrte Angelos.

„Als Datum ist der 12. Juli 2018 eingeblendet", stellte Mantzaris fest.

„Drei Tage vor Dimitris Tod", sagte Angelos.

„Angelos, wir müssen dieses Video als Fälschung entlarven, wenn es eine ist", meinte der Richter.

„BITTE?? DU MEINST, DAS WÄRE ECHT?", brüllte Angelos.

„Meine Meinung spielt keine Rolle. Es ist doch dein Gesicht und das Video hat keine Fehler. Da ist kein Schnitt zu sehen. Es ist auch deine Stimme …"

„Und es ist Angelos´ Schwanz", sagte Yariv leise.

„Es gibt noch andere mit großen Penissen", meinte Mantzaris.

„Aber niemanden mit einem kleinen Leberfleck am Schaft. Und er ist deutlich zu sehen", sagte Yariv mit erstarrtem Gesicht.

„DIR GENÜGT MEIN WORT NICHT?", brüllte Angelos.

„Woher sollten Fälscher wissen, wie dein Penis aussieht?", fragte Mantzaris. „Noch dazu erigiert. Im Normalzustand kann man den Fleck nicht sehen! Wer also hat ihn schon gesehen?"

„Sehe ich das richtig? Ich muss mich für eine Fälschung rechtfertigen? Gut. Gesehen haben ihn meine Vergewaltiger. Die Vorstellung, dass ich als Opfer selbst zum Vergewaltiger werde, ist absurd. Nebenbei bemerkt machten diese Bastarde Dinge mit mir – dagegen ist dieses Video Blümchensex!"

„Du hast meine Frage nicht beantwortet", sagte Mantzaris.

Angelos schnaubte.

„Meine Vergewaltiger, aber die sind alle tot. Ansonsten ist die Liste kurz. Alex, mein jetziger Ehemann ... und Yussuf. Aber Alex und Yussuf sind tot!"

Yariv bemerkte sehr wohl, dass Angelos ihn nicht beim Namen nannte. Noch immer stand er in der Terrassentüre mit Blick nach draußen.

„Aber vielleicht führe ich ein geheimes Doppelleben und vergewaltige mitunter junge Männer", sagte Angelos mit hochrotem Kopf.

„Kinder", sagte Mantzaris.

„Wieso das denn? Wenn das Dimitri ist, dann war er 19", sagte Angelos.

„Er war siebzehn. Ich habe die Geburtsurkunde. Das wäre Sex mit Minderjährigen", meinte der Richter.

„ER WAR NEUNZEHN, er hatte den Führerschein. Und zum letzten Mal: ICH HATTE NICHTS MIT IHM!"

Angelos ging wutschnaubend zur Türe, riss sie auf, blieb aber stehen und sagte:

„Ich gehe nach Hause. Und du, Yariv, solltest erst mal hierbleiben. Nicht dass jemand den aufstrebenden Künstler mit einem Kinderficker sieht!"

Dann knallte Angelos die Türe zu.

12

Angelos stürmte durch die Haustüre in den Garten, der – mangels Wasser – nur aus Kakteen und Bougainvilleas bestand.

Am hinteren Ende lag das Grab von Alex.

Ein weißer Quader aus Stein, oben drauf ein ebenfalls weißes Kreuz. Auf dem Quader stand auch eine Vase mit frischen Blumen.

Seit Alex´ Tod tauschte Angelos die Blumen alle drei Tage aus, ohne es auch nur einmal vergessen zu haben.

Angelos setzte sich auf den Quader.

„Na, alles mitbekommen?"

„Natürlich. Ich habe hier oben den großen Überblick!"

„Wer hätte das gedacht. Selbst nach deinem Tod macht die ,Rotznase' noch Probleme", sagte Angelos.

„Ich habe mich für den Namen entschuldigt. Dimitri war ein armer Kerl, der sich nur in den bestaussehenden Mann der Insel verliebt hat!"

„Das war dann wohl ich", meinte Angelos und grinste.

„Wer sonst? Ich war eifersüchtig! Es tut mir leid! Aber dafür hast du mir ein ordentliches Veilchen verpasst. Das ich auch verdient hatte!"

„Ich habe noch nie jemanden geschlagen. Mir ist die Sicherung durchgebrannt. Dennoch ist es unentschuldbar. Aber wie konnte der Mann, den ich liebe, nur denken, dass ich mit Dimitri geschlafen haben könnte", sagte Angelos.

„Rasende Eifersucht. Ich war ein Langweiler und hatte trotzdem den Haupttreffer gezogen. Dich!"

„Für mich warst du kein Langweiler. Du warst mein Retter. Ohne dich hätte ich die Vergewaltigung nicht überlebt. Nebenbei: ich liebe dich noch immer!"

„Ich dich auch. So wie Yariv", meinte Alex.

„Ist das so? Mein eigener Mann ist sich nicht sicher, ob ich das alles nicht wirklich getan habe. Einen Jungen zu vergewaltigen!"

„Das sehe ich anders. Er war geschockt, von dem, was er gesehen hat. Er hat reagiert, aber nicht nachgedacht!"

„Er hat mich nicht mal angesehen", sagte Angelos niedergeschlagen. „Er hätte sofort wissen müssen, dass ich das nicht sein kann. Ich bin sein Ehemann. Er sollte zu mir stehen!"

„Yariv sucht nach einer Erklärung. Das tun wir auch. Sieh mal: ich sage es ungern, aber er liebt dich genauso wie ich dich geliebt habe. Aber er himmelt dich nicht an, weil er weiß, dass ich damit alles kaputtgemacht habe!"

„Das waren wir schon gemeinsam", sagte Angelos einsichtig.

„Gib ihm eine Chance. Er wird für dich kämpfen wie ein Löwe. Ein Löwe, der erst eine Anlaufrunde braucht", meinte Alex. „Übrigens: danke für die Blumen. Du vergisst sie nie!"

„Wenn ich im Gefängnis bin, ist es damit vorbei", sagte Angelos. „Dann gibt´s einen Kaktus!"

„Red keinen Unsinn. Du hast nichts getan. Schon gar nicht mit Dimitri. Außer diesem einen Kuss!"

„Es war ein dienstlicher Kuss", sagte Angelos.

Alex lachte.

„Was gäbe ich nur dafür, wenn du mich noch einmal ‚dienstlich' küssen würdest. Vom Rest ganz zu schweigen", seufzte Alex.

„Onaniert man im Himmel eigentlich?", fragte Angelos.

„Wie denn? Ich bin eine leere Hülle mit zwei Flügeln", beschwerte sich Alex.

„Der beste Sex spielt sich ohnehin im Kopf ab. Probiere es einfach. Und am besten denkst du dabei an: mich!"

Alex lachte.

„Bescheiden wie immer. Und jetzt gib Yariv eine Chance. Er kommt gleich zur Türe rein!

13

Zwei Minuten lang schwiegen Richter Mantzaris und Yariv.
„Was denkst du? Kann das wahr sein?", fragte der Richter.

„Nein. Auch wenn alles dafürspricht. Aber sowohl Angelos als auch ich haben jemanden vergessen: Khaled. Ich weiß, dass er Hunderte von Fotos von Angelos gemacht hat!", antwortete Yariv.

„Und du glaubst, die Produzenten dieses ekelhaften Videos haben Khaled kontaktiert?"

„Warum nicht? Jeder weiß, dass die beiden im Streit auseinander gegangen sind. Und ich meine nicht nur Mykonos. Khaled würde mit Vergnügen zusehen, wie Angelos zugrunde geht. Und sich damit auch an mir zu rächen, weil ich angeblich Angelos ihm ausgespannt habe!"

„Hast du das etwa nicht?"

„Nein. Angelos hat Khaled nie richtig geliebt, nur wusste er es nicht!"

„Aber wer sollte der Auftraggeber sein?", fragte der Richter.

„Genau das müssen wir herausfinden. Dazu müsstest du mir die Ermittlungen übertragen."

„Das geht nicht. Als Ehemann bist du befangen. Außerdem bist du offiziell kein

Kommissar mehr. Eine Steilvorlage für Syros, die Angelegenheit an Ritsos zu übertragen!"

„Dann beauftrage Maria, sie leitet zwar nur die Domitiki, hat aber den Kommissarlehrgang mit Erfolg bestanden", schlug Yariv vor.

„Das könnte gehen. Ich nehme an, in Wirklichkeit soll sie den Mykobar-Fall übernehmen?"

„Genau das. Das Drecksvideo geht vor. Wir müssen wissen, wer es produziert hat. Nebenbei muss ich meine Ehe retten!"

„Yariv, du warst geschockt. Angelos wird das begreifen!"

„Das kann ich nur hoffen. Ein anderer Ansatzpunkt wäre das Alter. Wenn Angelos sagt, dieser Dimitri wäre neunzehn gewesen, dann ist das so. Sein Kopf ist eine eigene Cloud. Die Geburtsurkunde müsste dann gefälscht sein!"

„Das ist nicht sonderlich schwierig. Vor allem dann nicht, wenn man die Originalstempel verwenden kann. Und Syros hat sie!"

„Aber Dimitris Eltern müssten es wohl wissen", sagte Yariv.

„Die hassen Angelos", meinte Mantzaris.

„Ich glaube, es wäre gut, wenn mir jemand die ganze Dimitri-Geschichte erzählen würde!"

„Das kann nur Angelos!"

„Ist es strafrechtlich relevant, ob Dimitri 17 oder 19 Jahre alt war?"

„Ja. Unter 18 gilt in Griechenland als minderjährig!"

„Warte mal. Auf dem Video sieht man, dass Dimitri geblutet hat. Das ganze Laken war voll.

Er müsste einen Dammriss gehabt haben",
sagte Yariv.

„Ja. Aber die Krankenakten aus der Zeit liegen
in einem dunklen Archiv in Athen. Der damalige
Chefarzt Dimitriadis hatte Dreck am Stecken.
Außerdem lebt auch er nicht mehr!"

Yariv verdrehte die Augen.

„Das gibt´s doch nicht. Dann bleibt nur eine
Möglichkeit", sagte er.

„Eine Exhumierung? Ohne Einwilligung der
Eltern? Dazu müsste ich einen triftigen Grund
haben. Du bist Jude …"

„…ich bin gar nichts", ging Yariv dazwischen.

„Aber du bist nicht orthodox. Eine Exhumierung
ist für viele Gläubige eine Sünde. Du kennst
doch den Streit über die Feuerbestattungen.
Nicht einmal dazu kann sich die orthodoxe
Kirche durchringen!"

„Bitte. Die Suche nach den Tätern kann ewig
dauern. Im Darknet ist es schwer, etwas
nachzuverfolgen. Ich habe in genau dieser
Abteilung gearbeitet. 90% der Fälle konnten wir
nicht lösen. Es bleibt nur die Leiche. Hat Dimitri
keine Verletzungen, steht die Echtheit des
Videos in Zweifel. Außerdem ließe sich das Alter
ziemlich genau feststellen", sagte Yariv.

„Auf zwei Jahre?", fragte Mantzaris.

„Ich war Kommissar und sage dir: ja, man kann
es in diesem Alter ziemlich genau bestimmen!
Ich habe zwei Praktika in der Rechtsmedizin
gemacht."

Mantzaris seufzte.

„Gut. Aber es muss nachts passieren!"
„Danke. Sag Maria, sie soll sich um Mykobar kümmern und Kapino auf die Finger schauen. Und ich fahre jetzt nach Hause – in der Hoffnung, dass Angelos mich reinlässt", sagte Yariv.
Sicher war er sich aber nicht.

14

Darf ich reinkommen?", fragte Yariv.
„Kommt darauf an, mit wem Sie sprechen wollen: Dem Bürgermeister, dem Kommissar – oder dem Kinderficker?"
Aber Angelos ließ zumindest die Türe offen und verschwand in der Küche.
„Zynismus steht dir nicht", sagte Yariv.
„Ist das so? Ich soll also ruhig und sachlich bleiben, wenn ich wie ein Vergewaltiger behandelt werde – und nicht einmal mein Ehemann von meiner Unschuld ausgeht? Du konntest mir nicht mal mehr in die Augen schauen!"
„Bekomme ich die Gelegenheit, es dir zu erklären?"
Angelos antwortete nicht, ließ aber zwei Espressi aus der Maschine.

„Nun?"

Angelos setzte sich auf den Stuhl, lehnte sich zurück und verschränkt die Arme hinter dem Kopf.

„Erstens: ich liebe dich über alles. Zweifle nie mehr daran. Zweitens: es gibt einen Grund, warum ich so auf das Video reagiert habe. Drittens haben wir beide eine Person vergessen, die jeden Zentimeter von dir kennt", sagte Yariv.

„Khaled. Ist mir auch erst später eingefallen! Und zu zweitens?"

Yariv holte tief Luft.

„Wie du weißt, war ich im Polizeipräsidium der Abteilung Darknet zugeteilt. Es ist die wahrscheinlich schlimmste Tätigkeit auf dieser Welt. Ich habe diesen Dreck nicht mehr ertragen. Dann kamst du. Ich habe mich verliebt. Du hast mich davon überzeugt, dass ich malen sollte. Und durch dich musste ich mir keine widerlichen Videos mehr anschauen. Und dann holt mich diese Welt wieder ein – und mein Ehemann ist Teil davon. Natürlich wusste ich, dass du das nicht getan hast. Aber die Bilder, die Schreie …. sie erinnerten mich an mein früheres Leben. Deswegen war ich wie gelähmt. Es war die Vergangenheit, die mich eingeholt hat. Ich hätte anders reagieren müssen, aber ich konnte nicht. Bitte verzeih´. Ich werde alles tun, damit wir herausfinden, von wem das Video stammt. Aber zweifle nicht an mir!"

„Was mir den Boden unter den Füßen wegge-
zogen hat, war nicht das Video, sondern deine
Reaktion. Ich will so etwas nicht noch einmal
erleben", sagte Angelos. „Außerdem ist mein
Penis länger!"

Yariv lachte – und war erleichtert.

„Du weißt, dass du selbst nicht ermitteln darfst.
Lass das mich machen. Ich war …"

„…selbst Kommissar, ich weiß. Und wo willst du
ansetzen?", fragte Angelos.

„Bei Dimitris Leiche. Mantzaris erlaubt eine
Exhumierung. Wenn sich herausstellt, dass die
Geburtsurkunde gefälscht ist, erschüttert das
auch die Glaubwürdigkeit des Videos. Und
dann nehmen wir uns das Video selbst vor.
Dazu brauchen wir einen Experten. Ich denke,
dass Geheimdienste mit dieser Methode
arbeiten, um jemand zu kompromittieren. Stell
dir vor, du willst einen Iraner umdrehen. Du
produzierst ein Video, indem derjenige Sex mit
einem Jungen hat, worauf im Iran die
Todesstrafe steht! Schwups, hast du einen
neuen Agenten, den du vollkommen in der
Hand hast!"

„Damit könntest du recht haben", sagte
Angelos. „Du glaubst, die Israelis wenden
solche Methoden an?"

„Ich bin mir ziemlich sicher. Das müssen sie
auch!"

„Also soll ich mit Yossi sprechen", stellte Angelos
fest.

„Ja. Aber zuerst solltest du mir die Geschichte mit Dimitri erzählen. Die Produzenten dieses Drecks müssen ja davon wissen", sagte Yariv.

Angelos holte tief Luft.

„Dimitri. Selbst nach seinem Tod macht er mir noch Probleme. Er war ein 19-jähriger Junge, nicht siebzehn. Und sein Problem war ich. Er war verliebt in mich. Nein, er hat mich angehimmelt - und gestalkt!"

„Dich und Alex?", fragte Yariv.

Angelos nickte.

„Herrgott, ich war zehn Jahre älter, verheiratet und an Affären nicht interessiert. Aber der Kleine tat mir leid. Er war das Kind der Leonidas hier aus Ornos!"

„Die vom ‚Appagio'?"

„Exakt. Tolle Eltern. Ihnen war ihr Restaurant und das Geld wichtiger als ihr Sohn. Was glaubst du haben sie gemacht? Ihr Kind ins Waisenhaus nach Ano Mera gesteckt!"

„Das klingt mehr als herzlos", bemerkte Yariv.

„Aber nach seinem Tod tief betroffen", ätzte Angelos.

„Jedenfalls kam Dimitri vom Regen in die Traufe. Im Waisenhaus wurde er dann regelmäßig vergewaltigt. Vom Priester und einem Mönch. Acht Jahre lang – bis er ‚zu alt' wurde. Natürlich hat er es seinen Eltern erzählt!"

„Aber die haben ihm natürlich nicht geglaubt", sagte Yariv.

„Und ihn verprügelt. Dann wurde der Priester ermordet. Alex und mir war klar, dass es ein

Rachemord war. Irgendeines der vergewaltigten Kinder hat sich im Erwachsenenalter gerächt. Präzise geplant. Leider blieb es nicht bei dem einen Mord. Ein paar Tage später war ‚Bruder Michael' an der Reihe. Alex und ich hatten nur ein Problem: keine Spuren und die Zahl der missbrauchten Kinder ging in die Hunderte!"

„Ich ahne etwas. Die Methode ‚Jussuf'?", fragte Yariv schmunzelnd.

Angelos verdrehte die Augen.

„Dimitri war das Einzige der ehemaligen Kinder aus dem Waisenhaus, das wir zum Reden hätten bringen können!"

„Weil er in dich verknallt war, hast du deinen Charme spielen lassen!"

„Nicht nur den Charme, aber nicht so wie du jetzt denkst. Jedenfalls packte er aus. Als Gegenleistung wollte er einen Zungenkuss!"

„Grundgütiger", sagte Yariv.

„Und leider hat uns irgendjemand dabei fotografiert. Dabei sind wir extra auf den Friedhof!"

„Und dieser jemand hat das Foto an Alex geschickt", sagte Yariv grinsend.

„Das war nicht witzig. Alex war damit einverstanden, Dimitri über diese Schiene anzupacken. Aber er ist total ausgeflippt. Als er mir vorwarf, ich hätte mit Dimitri geschlafen, habe ich ihm ein blaues Auge verpasst!"

„DUU??"

„Und er hat sich später entschuldigt und gemeint, den Schlag habe er verdient. So war mein Alex. Jetzt weißt du, wie es zu dem EINEN echten Foto kam. Und den Streit zwischen Alex und mir hat die ganze Insel mitbekommen. Ich bin sogar ausgezogen – für zwei Tage", sagte Angelos.

„Durch den Zungenkuss wurde alles noch schlimmer. Dimitri folgte uns auf Schritt und Tritt. Eines Abends waren wir im Casino, er natürlich auch. Draußen wartete jemand, der mich erledigen wollte. Dimitri war vollkommen betrunken und Alex brachte ihn zum Auto, um ihn nach Hause zu fahren. Der Mörder ..."

„...hielt Dimitri für dich und hat ihn erschossen", vollendete Yariv den Satz.

„Armer Kerl. Seine Liebe hat ihn umgebracht. Seine Eltern gaben mir die Schuld. Daher werden sie uns keine große Hilfe sein! Aber ich habe zu der Exhumierung noch eine Frage: mir ist klar, dass sich über die Wachstumsfugen das Alter ziemlich genau bestimmen lässt ..."

„...und die Weisheitszähne", fügte Yariv hinzu.

„Aber das ist drei Jahre her. Nach der Zeit sind außer den Knochen nur noch die Lederhaut, Zehennägel, Zähne und ein paar Sehnen da!"

„Da hat der Kommissar Nikakis vollkommen recht, aber ich habe mit dem Bestatter telefoniert. Batsis?"

„Batsos", korrigierte Angelos.

„Warum glaubst du liegt der Friedhof neben dem Fabrikaplatz?"

„Früher war das außerhalb der Stadt!"

„Schon. Aber dort war eine Senke und der Boden ist bekanntlich Granit. Um jemand zu beerdigen, brauchte man Erde. Die schaffte man vom Festland heran und füllte die Senke auf. Und jetzt rat mal mit was?"

„Wenn du so grinst, vermute ich mal: mit Ton", sagte Angelos.

„Es waren die Venezianer und die waren Feines gewöhnt. Ja: Ton!"

„Wenn ich es noch richtig weiß, schauen die Leichen in Ton aus, als wären sie einbalsamiert!"

„Richtig: wir werden also neben dem Alter auch feststellen können, ob er frische Verletzungen hatte – und die musste er drei Tage nach der angeblichen Tat ja noch haben", sagte Yariv. „Dimitri wird dich also aus dem Grab heraus anlächeln!"

„Genau davor graut mir. Der arme Kerl. Aber ich konnte ihm nicht geben, was er wollte", sagte Angelos.

„Wäre er ein Terrorist gewesen, hätte er bessere Chancen gehabt", sagte Yariv.

„Bitte nicht schon wieder Yussuf. Ich habe … außerdem .."

„Letzte Erwähnung des Namens. Ich habe es versprochen. Als leitender Kommissar befehle ich dir jetzt, Tel Aviv anzurufen. Ich treffe die Vorbereitungen für die Exhumierung. Danach müssen wir Maria nochmal briefen, dass sie Mykobar im Auge behält und die Bergungsarbeiten genau dokumentiert!"

„Zu Befehl, Herr Kommissar", sagte Angelos und lächelte.

15

Houston

Chris Keller blickte verächtlich auf seine Vorstandskollegen. Männer, die den Unterschied zwischen Öl und Coke nur mit Mühe erkennen würden. Er hingegen hatte das Geschäft von der Pike auf gelernt – auf einer Ölplattform im Golf von Mexiko.
Aber: divide et impera. Gib ihnen das Gefühl, etwas zu sagen zu haben und mach dann dein Ding. Gott bewahre ihn vor Frauen in diesem Vorstand. Der Gedanke war nahezu absurd.
„Zunächst eine gute Nachricht. E&Y hat unseren Jahresabschluss abgesegnet und somit stehen die Bonuszahlungen an!"
Er blickte in gierige Gesichter.
„Jedes Vorstandsmitglied erhält – so mein Vorschlag – zwölf Millionen Dollar, zwei Millionen mehr als letztes Jahr!"
Die Gesichter strahlten. Sie würden nicht strahlen, wüssten sie, dass er das Zehnfache

bekäme (über ein Konto, das nicht einmal E&Y gefunden haben – oder finden wollten!

„Und es gibt weitere gute Nachrichten. Wie Sie wissen, setze ich mich seit Jahren dafür ein, dass wir Universitäten und Lehrstühle als Sponsor unterstützen, da wir unter dem Strich Geld sparen und unsere eigene Forschungsabteilung klein und effizient halten können. Nun, die Uni Stanford hat ihre Untersuchungen über das weiße Baryt abgeschlossen. Dass er strahlungsabweisend wirkt, war bereits bekannt. Kommenden Montag wird ein Bericht publiziert, wonach Baryt auch radioaktive Strahlung reduziert. Bedenken Sie, dass die Laufzeit der Kernreaktoren begrenzt ist und fast alle in spätestens 40 Jahren vom Netz gehen und entsorgt werden müssen. Stanford hat nun entdeckt, dass Baryt bei den Entsorgungsar- beiten die Fristen erheblich verkürzt werden können. Es kann schneller und sicherer entsorgt werden. Heißt: die Nachfrage ist über Jahr- zehnte gesichert!"

„Bei steigendem Preis, wenn wir die Ware knapp halten", meinte Winston, einer der Finanzvorstände.

„Schade, dass wir keine eigenen Papiere kaufen dürfen. Am Dienstag wird der Preis durch die Decke gehen", klagte der Leiter der Abteilung PR. „Scheiß SEC. Scheiß Sozialisten in Washington!"

„Dieses Mykonos wird also zur Goldmine. Wie weit sind wir dort? Haben wir die Genehmigung mittlerweile?"

Keller grinste.

„Nun, wir haben eine vorläufige Genehmigung für die Bergungsmission der zwei Idio …, äh, Geologen!"

Die Runde lachte.

„Das schwere Gerät für die Wiederinbetriebnahme ist bereits unterwegs. Laien werden denken, dass wir eine lobenswert hohe Anstrengung unternehmen, um die Toten zu bergen. Gute Presse – und der erste Schritt zur Produktion!"

„Hervorragend. Und was ist mit diesem Störenfried?"

„Der Bürgermeister und Kommissar? Nun, der ist beschäftigt mit größeren Problemen. Ein Haftbefehl wegen Vergewaltigung, eine veritable Ehekrise …"

Wieder lachte die Runde.

„Und er muss sein Amt ruhen lassen. In der Zeit übernimmt die Provinzregierung die Geschäfte des Bürgermeisters", sagte Keller.

„Ich nehme an, die erteilen die Genehmigung zur Wiederaufnahme des Abbaus. Haben wir den Gouverneur dazu, äh, motiviert?", fragte Ellis.

„Präfekt. In Griechenland heißt es Präfekt. Und ja. Es lief erstaunlich glatt!"

„Und wenn dieser Bürgermeister wieder im Amt ist?"

„Kann er nichts tun, denn die Konzession läuft auf 25 Jahre mit anschließender Option!"
Die Runde klatschte.
„Sehr gut. Dafür hätten Sie sogar einen Extra-Bonus verdient", sagte Ellis.
Keller grinste.
Oh, ihr Idioten.

16

Syros

Der erwähnte Präfekt, Napoleon Zervas, war trotz der Zuwendung in mäßiger Stimmung. Besser gesagt: er tobte.
„Ritsos! Ich fasse es nicht. Du lässt dir von dem kleinen Nikakis die Butter vom Brot nehmen. Der ist Maler und ansonsten nur der Spermaauffangbehälter für Angelos!"
Ritsos rutschte auf seinem Stuhl hin und her.
„Er war juristisch im Recht!"
„Als ob dich das je interessiert hätte. Du warst in Athen bekannt dafür, dich nicht um Regeln zu kümmern. Du warst – bist – der korrupteste Bulle des Landes", tobte der Präfekt.
„Da befinde ich mich in bester Gesellschaft!"

„Lenk nicht ab. Ich habe dich nach Syros versetzen lassen, damit du mit deinen Methoden das Arschloch Nikakis erledigst. Demütigst. Seit Jahren tanzt der mir auf der Nase herum. Bei jeder Verfügung ruft er in Athen an und der Depp in der Villa Maximos hebt sie wieder auf. Man könnte meinen, Nikakis lutscht Migiakis den Schwanz! Und dann bleibst du schon an Nikakis´ Ehemann hängen. Ich nehme an, du hast keine Ahnung, wo Angelos steckt!"

„Sie übersehen einiges. Auf Mykonos hasst man Syros. Niemand würde der Provinzregierung helfen. Würde ich ihn schnappen und mit dem Boot abtransportieren, würde der Hafenmeister den Hafen sperren und blockieren. Würde ich zum Flughafen fahren, bekäme ich keine Starterlaubnis …"

„Herrgott, Ritsos. Ich brauche nur zwei Wochen Zeit, um Fakten zu schaffen, die Nikakis nicht rückgängig machen kann!"

„Da bin ich zuversichtlich. Das Video sieht mehr als realistisch aus. Dass es eine Fälschung ist, wird schwer zu beweisen sein. Das dauert. Und bei dem Jungen habe ich alles gefälscht, was zu fälschen war. Geburtsurkunde, die Unterlagen im Waisenhaus, selbst das Protokoll der Führerscheinprüfung … Er wird sich sehr schwertun, zu beweisen, dass der Junge volljährig war! Allerdings darf man nicht vergessen, dass Nikakis gute Verbindungen hat.

Ich meine nicht nur den Premier, sondern auch Abu Bakar. Dessen Yacht hat mehr Feuerkraft als die Marine. Am meisten Sorgen machen mir aber die Israelis. Seit der Schläfer-Sache fressen die ihm aus der Hand. Nikakis wird seine Verbündeten mobilisieren und wir müssen vorsichtig sein, sonst landen Sie und ich in einem dunklen Keller in der Negev-Wüste", sagte Ritsos und sprach absichtlich im Plural. Du gehst mit mir unter, dachte er und grinste.

„Also, Ritsos. Schaff Nikakis von Mykonos weg. Egal wie. Seine Schwachstelle ist dieser Pinselschwinger", sagte der Präfekt.

„Wo ist eigentlich die Leiche des Jungen?", fügte er hinzu.

Ritsos zuckte mit den Schultern.

Plötzlich ging ein Ruck durch seinen Körper.

„Mist. Er könnte die Leiche untersuchen lassen!"

„Nach drei Jahren? Machen Sie sich nicht lächerlich", blaffte der Präfekt. „Außerdem müssten die Eltern zustimmen!"

„Nein. Eine Anordnung des Gerichts reicht. Und manche Leichen sind auch nach Jahren noch gut in Schuss. Kommt immer auf den Boden an. Wenn er zum ..."

„Ersparen Sie mir einen Vortrag über verwesende Körper. Sie fahren morgen mit der ersten Fähre nach Mykonos und setzen sich auf das Grab des Jungen. Und wehe, sie gehen auch nur zum Pinkeln runter!"

17

Mykonos

Angelos und Yariv hatten das Haus in Ornos vorsichtshalber verlassen, denn Ritsos konnte jederzeit zurückkommen. Sie verlegten ihren „Kommandostand" wieder in die Suite bei „Bill and Coo´s".
Yarivs Plan musste geändert werden.
„Eine Exhumierung in der Nacht geht nicht. Zu viele Leute", sagte Batsos, der Bestatter.
„Was? Wer geht denn nachts auf einen Friedhof?"
„Die Nachtschwärmer, die am Fabrika auf den letzten Bus warten und in den Friedhof urinieren oder in die offenen Gräber kotzen!"
„Schöne neue Welt. Wann dann?", fragte Yariv.
„Zwischen fünf und sieben. Dann ist es am Ruhigsten", sagte Batsos.

„So, Großer, jetzt rufst du Tel Aviv an!"
Aber Angelos saß kraftlos auf der Terrasse.
„Wir kriegen das hin!", sagte Yariv.
„Eine Lüge geht um die halbe Welt, bevor die Wahrheit überhaupt die Hose anziehen kann", entgegnete Angelos.
„Nikakis?"
„Nein, Churchill!"

„Niemand wird diesen Mist glauben", sagte Yariv, „und jetzt tu, was ich dir sage!"
Und tatsächlich griff Angelos nach seinem Handy.
„Diesmal brauche ich deine Hilfe", sagte Angelos zu Yossi Cohen, Chef der Operations-abteilung im Mossad. „Ich hoffe, ich verfüge noch über Guthaben!"
Yossi lachte.
„Ja, plus ein paar Sympathiepunkte. Um was geht es?"
Angelos sagte es ihm und schickte ihm das Video.
Nach zwanzig Minuten rief er zurück.
„Was für ein Dreck. Aber fachlich gesehen ein Meisterwerk. Deep Fake in Perfektion. Nur jemand vom Fach erkennt die Fälschung", sagte Yossi.
Nach kurzem Zögern fügte er hinzu:
„Das Blinzeln, Angelos. Der Junge schreit. Wenn ein Mensch schreit vor Schmerzen oder Schrecken, reißt er die Augen auf – und blinzelt nicht. Der Junge blinzelt!"
„Oh Gott sei Dank. Aber ... was sage ich da: der Mossad sagt sicher nicht vor Gericht aus", meinte Angelos. „Und dann bleibt die Frage: wer macht so etwas und warum? Die Provinz-regierung ist dafür zu dumm!"
An der Stelle hätte Yossi normalerweise gelacht.
„Das Video wurde von uns produziert!"
„WAS BITTE? A-aber ...", stammelte Angelos.

„Lass es dir erklären. Jedes Deep-Fake-Video hat eine Signatur. Und es ist unsere. Natürlich wusste die Abteilung nicht, was sie tut …"

„BESTIMMT NICHT", schrie Angelos. „WIE KONNTET IHR MIR …!"

„Gib mir bitte drei Minuten, um es dir zu erklären. Die ganze Cyberabteilung sitzt in Beerscheba und ist zur Tarnung eine normale Firma, die auch Aufträge von Dritten annimmt", sagte Yossi.

„Fickvideos?", fragte Angelos empört.

„Nein, natürlich nicht. Ich vermute, dass sich dort jemand ein Zubrot verdienen wollte. Alle kommen auf den Zahnarztstuhl. Und glaube mir: derjenige wird reden. Und dann finden wir heraus, wer den Auftrag erteilte. Wenn es jemand schafft, dann wir!"

Yossi holte tief Luft.

„Wir schulden dir einiges und ich betrachte dich als persönlichen Freund. Ich werde alles unternehmen, um deinen Namen reinzuwaschen und den Vorgang aufzuklären. Ich würde notfalls sogar als Zeuge vor Gericht aussagen, auch wenn mich der Premierminister danach hochkant rauswirft!"

„Danke. War das mit dem Zahnarztstuhl ernstgemeint?", fragte Angelos.

„Nein. Derjenige wird sich nur wünschen, es wäre ein Zahnarztstuhl! Eine Frage hätte ich aber noch. Woher kommen die Nacktvideos und die Aufnahmen deines, äh, Geschlechtsteils?"

„Ich denke, die stammen von Khaled!"

„Tja, die Rache des Ex. Glaubst du, er steckt dahinter?"

„Nein. Er hat die Bilder ins Netz gestellt. Die meisten konnte ich löschen lassen, aber die im Darknet nicht. Jeder, der sucht, findet sie!"

„Sie sind ja nicht unvorteilhaft. Ist der Penis photoshopped?", fragte Yossi.

„Nein!"

„Grundgütiger. Armer Yariv!"

„Er hat sich bisher nicht beklagt!"

Es war kurz nach vier Uhr, als Yariv leise aus dem Bett stieg. Dennoch wurde Angelos wach.

„Ich komme mit", sagte er.

„Du darfst nicht mit und du weißt, warum", antwortete Yariv.

„Eine Exhumierung ist Drecksarbeit, Kleiner. Ihr seid nur zu zweit!"

„Wir schaffen das schon!"

„Und denk daran, dass eine Leiche leicht zerfällt!"

„Ich fasse doch die Leiche nicht an. Wir holen den Sarg raus und dann geht er nach Athen, oder?"

„Nein, Kleiner. Die Leiche muss in einen vakuumierten Plastiksack", sagte Angelos.

„Oh. Na gut, wenn ich nach Hause komme, hätte ich gerne fulminanten Sex!"

Angelos lachte.

„Das Einzige, was du dann möchtest, ist ein heißes Bad!"

Es war 6 Uhr 20 als Yarivs Lungenflügel pfiffen und er seinen Rücken nicht mehr spürte. Die Bezeichnung „Drecksarbeit" war eine Untertreibung.

„Du wolltest, dass wir es alleine machen", knurrte Batsos, der Bestatter.

„Da dachte ich noch, es ginge mit einem Bagger!"

„Schau dich doch um. Der Friedhof platzt aus allen Nähten. Wo sollte denn hier ein Bagger hin?"

Batsos hatte recht.

„Aber wir haben den schönsten Friedhof der Ägäis", sagte Yariv.

„Wir?", fragte Batsos mit einem breiten Grinsen.

„Ich bin der Ehemann des Bürgermeisters, also qua Amt Mykonier!"

Batsos lachte.

„Das bist du. Also, jetzt den Gurt unter den Sarg und anheben!"

„Zu Befehl", antwortete Yariv.

Zehn Minuten später standen Batsos und Yariv am offenen Sarg.

Ich hatte recht, dachte Yariv, verdammt recht. Dimitri sah aus, als schliefe er – abgesehen von dem Loch im Kopf.

„Und jetzt Vorsicht, sonst ...", begann Batsos.

„...bricht die Leiche auseinander", vollendete Yariv den Satz.

18

Aufstehen, Totengräber", sagte Angelos und schüttelte Yariv.

„Mag nicht", brummte Yariv. „Ich bin… was zum Teufel machst du … hmmm …"

„Ich verwöhne meinen Ehemann, bevor ich ihn zur Arbeit treibe", sagte Angelos.

Zwanzig Minuten später saßen beide putzmunter auf der Terrasse.

„Wie lange dauert die Obduktion?", fragte Yariv.

„Maximal drei Tage, hat mir Karnezis versprochen", antwortete Angelos.

Sein Handy brummte. Es war Maria.

„Yassu, Schöner!"

„Du darfst noch mit mir sprechen? Hat dir Syros das nicht verboten?"

Maria lachte.

„Man hat es mir sogar explizit verboten, unter Androhung disziplinarischer Maßnahmen. Und mit wem telefoniere ich?"

Angelos lachte.

„Danke. Du bist wirklich eine treue Seele!"

„Du machst einer Frau ein Kompliment? Mach das nicht öfters, sonst halten dich alle für ein Weichei! Weswegen ich anrufe: am Hafen herrscht das komplette Chaos. Zwei Schwertransporte und dazu noch fünf Sattelschlepper.

Ich hatte mit ein oder zwei größeren LKW gerechnet. Ich bin keine Expertin, aber das scheint mir sehr viel Aufwand für eine Leichenbergung", sagte Maria.

„Das hatte ich mir schon gedacht", knurrte Angelos.

„Nach Metallia führt nur eine größere Straße, aber selbst die trägt garantiert keinen Schwertransport", warnte Maria.

„Und? Wenn die LKW in die Schlucht hinunterstürzen, soll es mir recht sein", knurrte Angelos, aber Yariv nahm ihm das Handy weg.

„Maria? Mach bitte Folgendes: ruf die Feuerwehr. Sie sollen die Straße am Fuß des Berges unter Wasser setzen. Am besten so, dass ein Teil der Piste wegbricht. Dann versuchen sie es erst gar nicht, hochzufahren und niemand kommt zu Schaden", sagte Yariv. „Wir melden uns!"

„Hör zu, Angelos. Ich verstehe deinen Zorn, aber es gibt Grenzen!"

„So? Gab es die bei dem Video? Das war nicht nur unter der Gürtellinie, sondern unter dem Straßenpflaster. Und du meinst, ich soll mich an Regeln halten?"

„Erstens heißt es nicht ICH, sondern WIR. Zweitens: wir werden denjenigen fertigmachen, der dieses Video hat produzieren lassen. Notfalls auch mit fiesen Mitteln. Aber Unbeteiligte wie die Fahrer lassen wir außen vor!"
Angelos grinste.

„Ich liebe es, wenn du grantig bist", sagte er und umarmte Yariv von hinten.

„Du kannst deinen Baukran gleich wieder einfahren. Wir sollten uns das Ganze vor Ort anschauen. Aus sicherer Entfernung. Ilias Profitis?", schlug Yariv vor.

Angelos nickte.

19

Angelos und Yariv standen am nördlichen Hang des Berges und verfolgten das Geschehen unten im Tal.

Ein Bandwurm zog sich von der Zufahrt nach Metallia bis zum Kriegerdenkmal in Ano Mera.

„Ganz schön viel Aufwand für die Bergung von zwei Leichen", sagte Yariv.

„Als ob Green Mining sich um Leichen oder Angehörige scheren würde. Nein, nein: hier geht es um etwas anderes. Was fällt dir an dem Tross auf, Kleiner?"

„Oh je. Wieder eine Prüfung", meinte Yariv und stöhnte.

„Ich sage es dir: der Tanklastzug in der Mitte!"

„Warum? Da wird Wasser drin sein, damit man Staubbildung verhindert", sagte Yariv.

„Im Prinzip richtig, aber da oben gibt es eine Steigleitung mit Meereswasser", entgegnete Angelos. „Ich wette, es ist etwas anderes!"
Er griff zum Handy und rief Maria an.
„Wo stehst du?"
„Am Anfang der Schilffeldes. Nebenbei: die Schwertransporte haben einiges zerstört!"
„Alles notieren und dann gibt´s eine saftige Rechnung. Maria: vor dir steht ein Tanklaster. Yariv meint, es sei nur Wasser. Ich vermute einen Gefahrguttransport", sagte Angelos.
„Schon unterwegs", meinte Maria.
Durch das Fernglas sah Angelos das Chaos am Fuß der Bergstraße nach Metallia. Unten hatte sich ein See gebildet und der Straßensockel war schlicht verschwunden.
„Gut gemacht, Nikos", sagte Angelos.
„Aber die haben alle Maschinen, um die Auffahrt sofort wiederherzurichten", entgegnete Yariv.
„Richtig, aber das dauert. Erst muss der künstliche Teich trocknen und dann brauchen sie nochmal drei Tage, schätze ich!"
Angelos´ Handy brummte.
„Maria. Du hast recht. Es ist ein Gefahrguttransport!"
„Und lass mich raten: Klasse 8", sagte Angelos.
„Richtig. Woher ... Egal, was bedeutet ‚8'?"
„Säure", meinte Angelos knapp.
„Wozu braucht man denn zum Bergen von Leichen Säure?", fragte Maria.

„Hier geht´s nicht um die Leichen. Säure braucht man, um Gold vom Wirtsgestein zu lösen", erklärte Angelos.

„Gold? Auf Mykonos gibt es Gold?"

Angelos lachte.

„Schon immer. Das ist nichts Neues. Nur ist der Preis so gestiegen, dass sich der Abbau lohnen könnte, zusammen mit Baryt auf jeden Fall. Und mit diesem Bandwurm dort unten versucht man, Fakten zu schaffen. Die Leichenbergung ist der Vorwand, dort oben Fakten zu schaffen!"

„Dazu bräuchten sie aber Genehmigungen und die bekommen sie von dir nicht!"

„Du vergisst, dass ich im Moment suspendiert bin. Die Genehmigung kommt von der Präfektur auf Syros!"

„Kann aber gerichtlich gestoppt werden", sagte Maria.

„Ja, aber nur vom Gericht auf Syros. Und bei einem Prozess achtet man sicher auf die gewünschte Besetzung!"

„Moment. Das alles würde bedeuten …", begann Maria.

„…dass die zwei Geologen nicht durch einen Unfall gestorben sind", ergänzte Angelos.

„Allmächtiger. Was hast du jetzt vor?", fragte Maria.

„Meinen Ruf reinwaschen. Dazu brauche ich das Obduktionsergebnis. Mantzaris lässt den Haftbefehl aufheben, stellt die Ermittlungen ein und ich bin wieder im Dienst. Aber bis dahin ist der Abbau längst genehmigt und er lässt sich dann nur schwer rückgängig machen. Ich müsste klagen, verliere auf Syros, muss dann …"

„…nach Athen, was drei Jahre dauert. Verstanden!"

„Ja. Aber mir fällt schon noch etwas ein. Nur müsstest du am Tatort die ersten Ermittlungen führen!"

„Aber ich bin keine Bergbauexpertin", gab Maria zu Bedenken.

„Ich auch nicht. Aber du hältst die Augen offen. Zur Tarnung werden sie die Leichen bergen. Beschlagnahmen und zur Obduktion bringen!"

„Aber was soll ich dem Pathologen sagen?", fragte Maria.

„Er soll nach Sprengstoffrückständen suchen. Du gehst oben in den Parallelstollen und schaust dort nach Löchern auf der linken Seite und ob noch ein Draht liegt, auch wenn ich Letzteres nicht glaube", sagte Angelos.

„Hoffentlich mache ich alles richtig!"

„Mach das, was jeder Kommissar macht: höre auf dein Bauchgefühl!"

„Die Feuerwehr rückt ab", bemerkte Yariv.

„Die Arbeit ist getan. Als Nächstes holen wir uns das Rathaus zurück", sagte Angelos und schien sich auf diesen Punkt besonders zu freuen.

„Würdest du mir jetzt noch einmal erklären, was es mit dem Gold auf sich hat? Zwei Vorkommen – ein Bergwerk. Kapiert. Und wozu die Säure?", fragte Yariv.

„Im ersten Schritt wird bei der Raffination das goldhaltige Gestein mithilfe von Stahlkugeln zermahlen und vom Staub getrennt. Bei diesem Prozess werden die edelmetallhaltigen Brocken entweder in Königswasser, einer Mischung aus Salz- und Salpetersäure oder in chlorhaltiger Salzsäure gelöst. Am Ende wird das Edelmetall aus der Lösung durch Chemikalien ausgeschieden. Dabei entsteht Industriegold, das in Barren gegossen wird, die rund 6 kg wiegen. Diese Barren nennt man auch Doré-Barren. Und weisen eine Goldkonzentration von etwa 80 % auf. Im Schnitt wird aus einer Tonne Gestein maximal 3-5 g Rohgold gewonnen. Und für all das braucht man Natriumcyanid, Gefahrenklasse 8. Das Zeug in dem Tanker da unten!"

„Aha. Vielen Dank. Auswendig gelernt?"

„So was weiß man doch", sagte Angelos grinsend.

„Angeber!"

„Also gut: ich habe das Ministerium angerufen!"

„Schon besser. Aber ist der Ertrag nicht verschwindend gering? 5 Gramm aus einer Tonne? Das bedeutet ..."

„...der ganze Nordosten wird ein Geröllhaufen, garniert mit Quecksilber und Säure. Nicht auf meiner Insel", regte sich Angelos auf.

„Wohin soll das Zeug eigentlich?", fragte Yariv.

„Es muss ja verladen werden! Weder Foko noch Merchias haben einen Hafen!"

„Richtig. Das hat auch seinen Grund. Der Nordwind. Die Küste ist im Nordosten zu gefährlich. Deswegen hat man früher das Baryt über Land bis Kalo Livadi transportiert!"

Yariv lachte laut auf.

„Lass mich raten: die Verladestation war die Ruine, die Kapino gehört und für die du ein Bauverbot erlassen hast, abgesegnet vom Gericht auf Syros. Hattest du eine Vision?"

„Du darfst mich ruhig Orakel nennen", sagte Angelos.

„Leider weiß ich nicht, wie man einem Orakel einen bläst", meinte Yariv trocken.

„Dann bleiben wir bei Angelos!"

„Wo soll das Zeug dann hin? Für das Problem hat Green Mining bestimmt eine Lösung. Den regulären Hafen?"

„Nein. Das einzig Gute an der Angelegenheit ist, dass für die Genehmigung einer Verladestelle Mykonos zuständig ist. Und in unserem Hafen vermiete ich alle Liegeplätze an Yachtbesitzer. Anträge gibt es genug. Aber all das hat GMI bestimmt berücksichtigt. Ich muss also mit irgendeiner Sauerei rechnen. Wichtig ist zunächst, dass die Vorwürfe gegen mich ausgeräumt werden und ich wieder ins Rathaus komme", sagte Angelos.

„Dann lass uns dafür sorgen, dass – wer immer auch kommt – eine böse Überraschung erlebt. Ich bin mir sicher, dass uns der eine oder andere dabei hilft", meinte Yariv.

Angelos lächelte.

„Nicht nur der eine oder andere. Da hilft die halbe Insel!"

20

Houston

Bei Green Mining herrschte dicke Luft im Konferenzzimmer.

„Es ist mir egal, ob die Straße weggespült wurde. Sie bringen die Fahrzeuge nach oben. Wie, interessiert mich nicht. Holen Sie Bagger und reparieren Sie die Auffahrt, Kapino. Wir geben Ihnen 48 Stunden und dann fährt der Tross hoch. Und wenn ein LKW in den Abgrund stürzt – auch egal. Ende!"

Keller schnaubte.

„Wir sollten die Aufzeichnung unterbrechen, Mr. Keller. Als Compliance Officer halte ich es für inakzeptabel, Mitarbeiter in Gefahr zu bringen!", sagte Patrick Grant.

Chris Keller fletschte die Zähne.

„Hören Sie gut zu, Sie Kasper. Wir sind hier in Texas, wir sind in der Rohstoffbranche tätig. Wir arbeiten mit harten Bandagen, sonst gehen wir unter. Und Ihre Compliance können Sie sich wohin schieben. Wir sind kein Mädchenpensionat!"

„Das ist mir durchaus klar. Dennoch gibt es Regeln", meinte Grant.

„Damit kennen Sie sich ja aus. Gegen Sie hat die SEC ermittelt", bellte Keller.

„Auch wenn ich hier der Einzige bin, der sich traut zu widersprechen. Entgegen Ihren Versprechungen ist der Bürgermeister von Mykonos nicht im Gefängnis. Und er ist auch nicht das Leichtgewicht, als den Sie ihn dargestellt haben. Das Fluten der Straße zeigt, dass Sie diesen Herrn ernster nehmen sollten.
Wie ist nun das weitere Vorgehen?"
Keller schnaubte.
„Wir haben alles unter Kontrolle. Morgen wird die Abbaugenehmigung erteilt, durch die Präfektur Syros. Dann übernimmt ein Vertreter der Präfektur die Amtsgeschäfte auf Mykonos. Wir sind nicht mehr zu stoppen!"
„Aha. Sie glauben wirklich, dass sich, äh, Herr … Nikakis einfach sein Rathaus wegnehmen lässt? Ich befürchte, den Vertreter aus Syros erwartet eine unangenehme Überraschung!"

Patrick Grant sollte recht behalten.

21

Mykonos

Kommissar Ritsos war derjenige, der die Amtsgeschäfte auf Mykonos übernehmen sollte.

Aber leider konnte die Fähre nicht in den Hafen einfahren, wegen einer Gefahrenlage. Und leider wusste niemand, was denn die Lage sei, denn im Hafen war niemand zu erreichen. Es dauerte zwei Stunden, bis die Fähre anlegte. Wo zum Teufel ist der Mietwagen, fragte sich Ritsos. Es kam keiner. In vier Autovermietungen in Tourlos waren keine Fahrzeuge verfügbar, obwohl die Höfe vollstanden. Aber bei der fünften Vermietung hatte Ritsos Glück. Er mietete einen Peugeot und machte sich auf den Weg Richtung Stadt.

Leider, leider, blieb der Wagen schon bei „Cavo Tagoo" stehen. Aus dem Motorraum quoll Rauch, zusätzlich hatte ein Reifen einen Platten.

Die Autovermietung war nicht zu erreichen. Aber Ritsos hatte Glück. Eine Polizeistreife kam vorbei und erbot ihm, ihn mitzunehmen. Doch der Wagen fuhr zurück und die Umgehungs-straße hoch.

„Ist schneller", meinte der Polizist.

Es folgte über Funk ein Einsatzbefehl. Autounfall in Kalafati.

„Das dauert", meinte der Polizist.

In Kalafati angekommen, war von einem Unfall nichts zu sehen.

„Hat sich jemand einen Scherz erlaubt!"

„Dann können Sie mich ja jetzt zum Rathaus fahren", knurrte Ritsos.

„Könnten wir. Aber wir haben Pause. Vorschrift. Sie haben dennoch Glück. Hier links ist die Bushaltestelle. Der Bus fährt alle zehn Minuten!"

Schnaubend stieg Ritsos aus.

„Der nächste Bus kommt erst in 55 Minuten. Hätten wir ihm das sagen sollen?", fragte der zweite Polizist mit einem Grinsen.

„Warum? Außerdem sagen wir dem Busfahrer, er soll nach Foko fahren. Von dort muss Herr Ritsos leider laufen! Ich denke, Angelos wird zufrieden sein!"

Und das war er auch.

Gegenüber der Bushaltestelle war eine Kamera angebracht und Yariv und Angelos konnten zusehen, wie Ritsos´ Schädel sich dunkelrot verfärbte.

Aber das Martyrium nahm kein Ende. Der stämmige Busfahrer warf Ritsos in Foko aus dem Bus. Das einzige Restaurant vor Ort hatte geschlossen, obwohl laut Schild der Ruhetag erst gestern war. Und als hätte sich Angelos Nikakis mit dem Wettergott verbündet, flaute der Meltemi kräftig auf. Windumtost suchte

Kommissar Ritsos Schutz hinter der kleinen Mauer hinter dem Strand.

Frierend und entnervt fiel ihm ein, dass er doch einen Verbündeten auf der Insel hatte. Er rief Stefanos Kapino an.

Tatsächlich war Ritsos eine halbe Stunde später auf dem Weg zur Stadt. Kapino fuhr ihn bis zum Mavragenous-Platz. Sechs Stunden nach Ankunft stand er vor dem Rathaus, aber alle Eingänge waren verschlossen.

Polizei und Feuerwehr brauche ich gar nicht zu rufen, dachte Ritsos und rief auf Syros an.

Der Präfekt sagte zu, einen Einsatzwagen mit der Fähre nach Mykonos zu schicken. Die drei Stunden bis zur Ankunft wollte Ritsos in einem Restaurant verbringen, doch überall wurde er mehr oder weniger freundlich des Platzes verwiesen.

Gegen 17 Uhr war endlich das Fahrzeug der Feuerwehr Syros eingetroffen.

„Wo brennt es?", fragte der Feuerwehrmann.

„Es brennt nirgends. Sie sollen nur diese Türe aufbre …"

Da traf ihn der erste Schwall Löschschaum.

Er befand sich inmitten einer undurchdringlichen Wolke. Dann verlor er das Gleichgewicht und knallte auf das Pflaster.

Durch den Nebel vernahm er eine Stimme: „Feuerwehrmänner halten immer zusammen. Merken Sie sich das!"

22

Am nächsten Morgen begann sich das Blatt zu wenden.

Gegen 11 Uhr rief Yossi aus Tel Aviv an. Trotz der nächtlichen Stunde und noch vor dem dritten Espresso, war Angelos hellwach.

„Wir sind ein Stück weiter. Das Video ist tatsächlich von uns oder besser gesagt: es wurde produziert durch die Scheinfirma, die wir unterhalten. Bei aller Bescheidenheit: das Zeug war von so guter Qualität, dass ich mir gleich ziemlich sicher war. Nun: wir haben den Mitarbeiter, äh, befragt."

„Heißt: ihr habt ihn acht Stunden in einer Zelle mit ‚Rammstein' traktiert. Verdient hat er es!"

„Außerdem haben wir ihm angedroht, ihn in die West Bank zu versetzen. Jedenfalls hat er geredet. Der Kontaktmann hat ihm 500.000 Dollar bezahlt!"

„Wer investiert denn so viel Geld, um mich fertigzumachen?"

„Es war nicht leicht, den Zahlungsweg zurückzuverfolgen. Wir mussten die Amerikaner bitten, uns zu helfen!"

„Nun spann mich nicht auf die Folter", knurrte Angelos.

„Eine Holding namens 'Southern Capital'", sagte Yossi.

„Sagt mir gar nichts", meinte Angelos.

„Zu der Holding gehört ein Unternehmen namens ‚Green Mining'!"

Angelos sagte zunächst nichts.

„Können wir dir sonst irgendwie helfen?", fragte Yossi.

„Ja. Ich bräuchte Drohnen- oder Satellitenaufnahmen von dem Gelände. Von vor drei Monaten und jetzt. Meine zweite Bitte wäre etwas aufwändiger!"

„Du hast noch Credits, Angelos", sagte Yossi.

„Danke. Der Präfekt von Syros. Irgendwie hängt er mit drin. Zumindest glaube ich das. Vielleicht könnt ihr ihn durchleuchten!"

Yossi lachte.

„Und noch ein bisschen observieren?"

„Vielleicht ein bisschen in die Falle locken?", fragte Angelos.

„Sag mir, was wir tun sollen!"

Und das tat Angelos Nikakis.

„Ich weiß, ich bin jetzt wieder der Spielverderber, aber der Mossad wird kaum eine gerichtsfeste Erklärung abgeben", sagte Yariv.

„Das ist mir schon klar, aber jetzt hat wenigstens mein Ehemann den Beweis, dass ich nichts getan habe", knurrte Angelos.

Yariv verdrehte die Augen.

„Zum letzten Mal. Was erwartest du? Ich sehe dich auf einem Video. Das registriert eine Hälfte des Hirns. Die andere Hälfte sagt: er kann es nicht gewesen sein. Bis sich beide Hälften einig waren, hat es dreißig Minuten gedauert. Nicht besonders lang. Oder willst du mir die halbe Stunde bis an mein Lebensende vorhalten? Ich habe nämlich nicht vor, ohne dich zu leben. Reicht das?"

Angelos nickte.

„Schon in Ordnung. Es ist nur, weil …"

„…dir etwas vorgeworfen wurde, was du selbst als Opfer durchmachen musstest. Das ist mir schon klar. Aber wir haben keine Zeit für Diskussionen", sagte Yariv.

Just in diesem Moment brummte Angelos´ Handy – und es klopfte an der Türe.

Angelos übernahm das Telefonat.

„Pathologie, Karnezis. Hören Sie mal, Nikakis, können Sie mir erklären, was der Junge an einem alten Sack wie Ihnen fand?"

„Bitte keine Pathologenwitze, Karnezis. Und warum sagen Sie ‚Junge'?"

Angelos wurde flau.

„Locker bleiben. Der Junge ist 19 bis 20 Jahre alt. Bis 20 kann man das ziemlich genau feststellen. Natürlich gibt´s Frühreife oder Nachzügler, aber die Kombination aus Wachstumsfugen und Weisheitszähnen lügt selten, vor allem bei einer Leiche", sagte Karnezis und lachte. „Die Fugen sind alle verwachsen, die Zähne voll ausgeprägt. Bei einem Gutachten vor Gericht würde ich mich festlegen: der Junge war volljährig. Hatten Sie wirklich was mit ihm?"

„Nein. Und woher zum Teufel haben Sie diese Gerüchte?", fragte Angelos gereizt.

„Alte Weiber sind verschwiegen im Vergleich zur Polizei. Nichts für ungut. Ich nehme an, ich soll den Bericht sofort ans Gericht mailen?"

„Nein. Bitte per Fax. Unser Richter hält PDF für einen Fußballklub", sagte Angelos.

„Huhaha. Guter Scherz. Aber ich muss Schluss machen. Ich habe noch eine Brandleiche. Furchtbare Sauerei. Wussten Sie …"

„Danke und auf Wiederhören", unterbrach Angelos den Pathologen.

Und ihm fiel ein Stein vom Herzen. Die Urkunden waren alle gefälscht und nun konnte er es beweisen.

Doch die Freude währte nur kurz, denn Yariv war leichenblass.

„Was ist?"

„Irgendjemand hat geplappert. Das war ein Amtsbote aus Syros. Die Verfügung zur Konzessionserteilung. Wir sind eine Stunde zu spät. Mist", sagte Yariv.

Wortlos ging Angelos nach draußen und sprang in den Jacuzzi, Yariv folgte ihm.

Nach drei Minuten stellte Angelos die Bubbles ab.

„Du bist jetzt Bürgermeister einer Insel mit Bergwerk", sagte Yariv. „Freu dich zumindest über Ersteres!"

„Kann ich nicht. Ich verliere ungern", knurrte Angelos.

„Aber du kannst nichts machen!"

„Vielleicht doch. Die Konzession ist unwirksam, wenn sie sich erschlichen wurde oder sich die Firma strafbar gemacht hat!"

„Aber wie willst du beweisen, dass Syros bestochen wurde?", fragte Yariv.

„Da könnte Yossi etwas liefern. Ansonsten muss ich beweisen, dass die zwei Geologen einem Mordanschlag zum Opfer fielen", sagte Angelos.

„Warum hätte Green Mile die zwei ermorden sollen?"

„Ganz einfach. Hätten sie einfach so eine Abbaugenehmigung beantragt, wäre die abgelehnt worden. Von mir. Und ich hätte die ganze Insel zum Aufstand gebracht. Notfalls mithilfe der Medien. Das wussten die, also entwickelte man einen anderen Plan. Man schickt zwei Studenten. Überleg´ mal. Die zwei jungen Kerle ohne Abschluss sollen derart wichtige Analysen machen? Garantiert nicht. Man inszeniert einen Stolleneinbruch. Dann bietet man an, schweres Gerät zur Bergung auf die Insel zu bringen. Um die Leichen zu bergen, muss man in den Stollen oder neue bohren. Dafür bekommt man eine Genehmigung und fängt an, Fakten zu schaffen. Wer will sie daran hindern? Ich bin durch das Video kaltgestellt, ansonsten bleiben fünf Polizisten. Dann besticht man die Präfektur auf Syros und - schwupps - wird die vorläufige Genehmigung in eine permanente Konzession verwandelt. Dagegen klagen müsste man auf Syros, später Athen ..."

„...was Jahre dauert. Währenddessen schafft man Fakten", ergänzte Yariv. „Aber die werden ihre Spuren verwischen, sobald sie dort sind!"

„Du bist Kommissar. Du weißt, dass das bei Sprengstoff nicht möglich ist. Man findet immer kleinste Partikel in den Leichen", sagte Angelos.

„Wenn wir die Leichen in die Finger kriegen!"

„Genau das müssen wir schaffen. Ich muss sie beschlagnahmen lassen. Unser Vorteil ist, dass wir Flughafen und Hafen in der Hand haben!"

„Sie werden die Leichen an irgendeinem Strand an Bord eines Bootes bringen", wand Yariv ein.

„Das geht vor Ort nicht. Sie müssten in Foko anlanden. Die anderen Piers sind alle kameraüberwacht. Und Foko observieren wir!" Yariv stöhnte.

„Ausgerechnet der kälteste Strand von allen!"

„Ich wärme dich schon", meinte Angelos.

„Das war mir klar!"

„Du könntest die Familien kontaktieren. Ich bin sicher, sie werden keine Auskunft geben und auch auf die Leichen ihrer Söhne verzichten. Dafür hat Green Mining schon gesorgt – gegen eine üppige Summe. Versuche es bitte dennoch", bat Angelos.

„Und ich gehe jetzt ins Rathaus und setze mich auf den Stuhl, der mir gehört!"

Aber Yariv hielt ihn am Arm fest.

„Großer, noch eines. Wenn sie den Stollen gesprengt haben, müsste doch der Seismograph in Tourlos anschlagen. Dann hätten wir die genaue Uhrzeit und könnten nach Drohnen-

oder Satellitenbildern suchen. Es schwirren doch regulär mehrere Drohnen über der Insel: die Amis, die Türken, die Israelis …"

Angelos grinste.

„Der Kommissar ist doch noch nicht ganz verschwunden. Ich rufe das Seismologische Institut in Athen an. Dann kümmere ich mich um die Bilder!"

„Soll ich dir sagen, wer als Erstes anruft, wenn du wieder im Rathaus bist?", fragte Yariv grinsend.

„Das weiß ich selbst. Makris wegen seinem Esel!"

23

Präfekt Zervas hatte es eilig. Er verließ das Verwaltungsgebäude und ging schnellen Schrittes zum Hafen, um die nächste Fähre nach Athen zu nehmen. Gerade noch erreichte Zervas das Schiff.

Nun stand er an der Reling und blickte zurück nach Syros.

Was tust du da, fragte er sich. Er gab sich selbst die Antwort: du bist verliebt und du hast ein gottverdammtes Recht, wenigstens ein paar Monate glücklich leben zu dürfen.

Helena.

Er hatte sie auf einem Empfang vor einer Woche getroffen und war sofort Feuer und Flamme.

Und – erstaunlicherweise – schien seine Zuneigung auf Gegenliebe zu stoßen. Zwar war Helena bildhübsch und gut zwanzig Jahre jünger, aber ihre Begründung, sie habe genug von Männern, die im Grunde nur Kinder waren, schien plausibel.

Zwei Tage später trafen sich die beiden bei Nacht an einem Strand im Süden. Zervas wusste gar nicht mehr, was Gefühle waren. Seine Ehefrau war dreißig Kilo schwerer als Helena, zudem war die Verbindung von vorne herein mehr ein politischer Schachzug denn Zuneigung.

Leider, leider, lebte Helena in Athen. Und so musste der Präfekt einen Termin in der Hauptstadt vorschieben., um sie besuchen zu können.

Zervas bekam eine Gänsehaut. Ein Dinner im Restaurant und hinterher …

Zwei Stunden später stand sie winkend am Pier in Rafina. Sie freut sich wirklich, dachte Zervas. Auch das Dinner war das schönste Abendessen, an das er sich erinnern konnte.

Und dann war es soweit.

„Darling, ich dachte, es ist vielleicht besser, wir gehen nicht in meine Wohnung. Du bist ein bekannter Politiker und in meinem Haus wohnt ein Journalist von Skai TV. Ich habe uns ein

Zimmer im ‚Grande Bretagne' reserviert. Dort ist man es gewohnt, diskret zu sein!"

Zervas wäre mit allem einverstanden gewesen. Seit dem Dessert hatte er eine äußerst schmerzhafte Erektion.

Hinterher konnte er sich nicht erinnern, wie sie in das Zimmer gelangt waren. Er war blind und taub ob seines selten gewordenen Hormonschubs.

Sie rissen sich gegenseitig die Kleider vom Leib. Dann holte Helena die Fesseln aus ihrer Tasche. Zervas strahlte.

Endlich etwas anderes als der jahrzehntelange Blümchensex.

Helena band ihn an allen vier Bettpfosten fest. Zervas hatte größte Mühe eine vorzeitige Ejakulation zu verhindern.

Als Helena einen langen Vibrator aus der Tasche zog und begann, ihn nur an den Oberschenkeln zu stimulieren, war es fast so weit.

Plötzlich fasste sich Helena an den Kopf.

„Oh. Meine Migräne. Mist. Ausgerechnet jetzt. Es tut mir leid. Ich gehe schnell mal ins Bad!"

Zervas war zu irritiert, um zu merken, dass es eine Verbindungstüre war.

Helena verließ das Hotel. Auf dem Gehweg wählte sie die Nummer von Zervas´ Frau.

„Ihr Mann liegt nackt im Hotel Grande Bretagne auf Zimmer 512!"

Zehn Minuten später war sie in ihrer Wohnung.

„Eines sag ich euch: das nächste Mal nehme ich nur noch knackige Dschihadisten und keine Fettwänste mehr!"
Aus dem Off drang Gelächter.
„Gut gemacht, Ramona!"
„Leckt mich!"

24

Stefanos Kapino atmete tief durch.
Die geflickte Straße hatte den Walzentest bestanden. Houston hatte mehr als deutlich gemacht, dass er sein Honorar in den Wind schreiben könnte, sollte die Straßenreparatur länger dauern.
Sie hatten 48 Stunden gebraucht, das absolute Limit, dass man ihnen zugestanden hatte.
Kapino sah an sich herunter. Er war vollkommen durchnässt und verdreckt. Die Schuhe kann ich wegschmeißen, dachte er.
Zudem begann unter den Fahrern eine Art Meuterei, gerade unter denen, die als eine Art Versuchskaninchen zuerst den Berg hochfahren sollten. Die meisten erklärten sich dann doch bereit – nachdem Kapino Ihnen je Tausend Euro auf die Hand gegeben hatte. Das Geld

kann ich abschreiben, dachte er. Houston würde nichts bezahlen. Sie wollten nur Resultate sehen. Zudem bestand der erste Fahrer darauf, dass Kapino bei ihm mitfuhr.

„Vertrauen ist gut, ein Beifahrer viel besser", hatte er gesagt.

Kapino war alles andere als wohl und hielt sich krampfhaft am Handgriff fest.

„Nervös? Sie reißen den Griff noch ab. Ich bin schon schlechtere Straßen gefahren", sagte der Fahrer.

Selbst als der Aufleger ins Rutschen kam und Kapino kurz vor dem Infarkt stand, blieb der Lenker gelassen.

Sie erreichten das Plateau und Kapino begann sich zu entkrampfen. Als der Schwertransporter mit dem Erdbohrer die letzte Kurve um die Kapelle St. Barbara herum nahm, traf ihn fast der Schlag.

Am Eingang von Stollen vier stand das Arschloch Nikakis und dessen Lockenkopf.

„Wie kommen Sie denn hierher?", fragte Kapino.

„Mit dem Hubschrauber", antwortete Angelos und grinste.

Dabei war es keineswegs leicht gewesen, Kostas dazu zu bewegen, auf dem Plateau von Metallia zu landen.

„Den Feinstaub kriege ich niemals weg! Und vor dem Rückflug muss ich alle Filter säubern, sonst war das unser letzter Flug!"

Und tatsächlich vergingen fünf Minuten bis sich der undurchdringliche Nebel langsam lichtete. „Hier. Setzt die Masken auf. Relikte aus der Corona-Zeit", sagte Kostas. „Aber kein schneller Rückflug. Ich muss …"
„…erst die Filter säubern", vollendeten Angelos und Yariv gemeinsam den Satz.

„Ich hoffe nicht, dass Sie unsere Arbeiten behindern wollen", sagte Kapino und wedelte mit einem Schreiben. „Wir dürfen bergbautypische Arbeiten untertags und an der Oberfläche nach eigenem Ermessen durchführen!"
„Zur Bergung der Leichen", sagte Angelos.
„Davon steht hier aber nichts. Natürlich werden wir alles tun, um …"
„Ich hätte noch ein paar Fragen. Sie haben den Notruf um 14 Uhr 30 alarmiert. Ich nehme an, dies war kurz nach dem Unglück!"
„Natürlich. Ein paar Minuten danach. Zuerst war ich unter Schock und habe dann zuerst geschaut, ob ich irgendetwas tun könnte", sagte Kapino.
Angelos grinste.
„Ich bin doch etwas verwirrt. Laut Seismographischem Institut ereignete sich die Explosion um 13 Uhr 28, gut eine Stunde früher!"
„Dann stand ich wohl länger unter Schock", knurrte Kapino.
„Irgendwie habe ich den Eindruck, sie waren gar nicht so überrascht!"

Angelos zog mehrere Aufnahmen aus einem Kuvert.

„Dies sind Satellitenaufnahmen. Vor der Explosion stehen drei Personen vor dem Schacht, Sie und die zwei Geologen. Drei Minuten später gehen die zwei Amerikaner in den Schacht. Und was machen Sie? Sie gehen mindestens hundert Meter weg vom Stollen, so als würden Sie sich in Sicherheit bringen!"

Kapino wurde bleich.

„Aber gut. Ich habe auch eine Verfügung für Sie. Die Leichen werden beschlagnahmt. Sobald sie gefunden werden, informieren Sie uns umgehend. Und keine Tricks, sonst gewinnen Sie einen Pauschalaufenthalt in einer unseren neuen Gefängniszellen am Flughafen. Schrecklich laut", sagte Angelos, der Yariv anschließend zuflüsterte: „Wir gehen den Hang hoch!"

Knapp achtzig Meter höher setzten sich die beiden auf einen Felsen.

„Wie willst du die Bergungsarbeiten überwachen? Wir können nicht die ganze Zeit hier oben sitzen. Kameras sind auch keine da", sagte Yariv.

„Das wäre auch alles sinnlos. Wir kennen die Schächte und Stollen nicht. Sie könnten die Leichen an zig Stellen aus dem Berg schaffen. Wir konzentrieren uns auf den Abtransport. Das kann nur über Foko laufen. Alle anderen Strände oder der Hafen wären zu auffällig!"

Yariv stöhnte.

„Das bedeutet: wir gehen der Haupttätigkeit jedes Ermittlers nach: warten, warten und nochmal warten! Ausgerechnet Foko! Bei dem Wind! Wir werden uns den Tod holen!"

„Keine Sorge, Kleiner. Nikos lässt uns in sein Restaurant und die Espressomaschine bleibt an!"

„Wie beruhigend!"

„Wie du schon sagtest: des Polizisten täglich Brot. Aber da ist noch etwas Anderes. Irgendetwas stimmt hier an der Szenerie nicht!"

„Was meinst du? Klar stimmt hier einiges nicht. Die ganze Armada an LKWs zum Beispiel", sagte Yariv.

„Nein. Blende die mal aus. Es ist wie bei ‚Suche den Fehler im Bild'. Aber ich komme nicht drauf, was hier nicht stimmt!"

„Dann sorge ich heute Nacht für die nötige Inspiration", meinte Yariv und kuschelte sich an Angelos.

25

Am nächsten Morgen, gegen 11 Uhr, wachte Angelos auf.

„Herrgott, der Sand ist wirklich überall", knurrte er.

Yariv lachte.

„Wer wollte denn Sex am Strand? Das war keine Observierung nach Lehrbuch!"

„Nein, aber unterhaltsamer. Wer macht Espresso? Deinem Gesicht nach ich!"

Angelos stand auf und ging zur Maschine. Warum in die Küche laufen, wenn man sich eine Maschine ins Schlafzimmer stellen kann? Doch Angelos rührte sich nicht.

„Äh, Großer, du musst schon auf den Knopf drücken", sagte Yariv.

„ICH HAB`S", rief Angelos und stürmte aus dem Schlafzimmer.

Yariv wusste: ich habe zehn Minuten. In der Zeit würde Angelos seine Theorie überprüfen – und ganz am Ende recht behalten.

„UND ICH MACHE PANCAKES!", rief Angelos hoch.

Yariv grinste.

Gab es Pancakes, bedeutete dies zusätzlich: Angelos hatte schon einen Plan.

Vor Yariv stand ein dreifacher Espresso und ein Berg von Pancakes.

„Er möge beginnen!"

„Hier siehst du eine Satellitenaufnahme des Geländes. Siehst du die kleinen Kreise?"

„Mmh", brummte Yariv, der gerade einen Pancake hinunterschluckte.

„Etwas mehr Aufmerksamkeit, bitte. Wir vergrößern das Ganze und sehen was?"

„Sind das Brunnen?"

„Genau. Was fällt dir auf?"

„Sie sind alle abgedeckt mit einer Art Holzplatte. Und es sind ganz schön viele!"

„Es sind genau sechzehn. Offensichtlich sind regelmäßig neue gebohrt worden", sagte Angelos.

„Das Gerät dazu hatten sie ja. Die Brunnen waren halt ausgetrocknet, dann bohrte man neue", vermutete Yariv.

„Ich glaube eher, sie waren verseucht. Damals schüttete man Quecksilber einfach irgendwo hin, aber das kann uns der alte Mantzaris sagen. Und jetzt schau dir Brunnen 16 an", sagte Angelos und vergrößerte das Bild.

„Da liegt eine massive Betonplatte über der Öffnung", stellte Yariv fest.

„Komisch, oder? Alle anderen haben eine Holzplatte, nur bei diesem Brunnen verwendet man eine massive Abdeckung. Es ist ausgerechnet der Brunnen, der am Weitesten von den Stollen entfernt ist", sagte Angelos.

„Stimmt. Und was vermutest du als Grund?"

„Dass in diesem Brunnen etwas anderes ist als in den anderen!"

„Und das wäre?"

„Vielleicht Leichen. Laut dem Alten gab es viel mehr Tote als bekannt!"

„Schon. Aber das ist vierzig, fünfzig Jahre her. Und Unfälle sind kein Verbrechen, höchstens fahrlässige Tötung!"

„Mir geht es nicht hauptsächlich um Unfallopfer, sondern um Leichen, bei denen klar ist: diese Menschen wurden ermordet", sagte Angelos.

„Ah. Jetzt verstehe ich. Du sprichst von dem Gewerkschaftssekretär! Oder was immer er auch war!"

„Genau. Wir fahren zweigleisig. Wir müssen die beiden Leichen der Geologen in die Finger bekommen. Und dann steigen wir in den Brunnen!"

Yariv verdrehte die Augen.

„Natürlich. Unser Adrenalinjunkie steigt in einen fünfzig Meter tiefen Brunnen. Super. Du hast nur eines vergessen: der Brunnen liegt ziemlich nahe am Mykobar-Gelände!"

„Richtig. Aber er liegt hinter einer Kuppe. Und an der Mine herrscht so viel Lärm, dass unsere Chancen groß sind, unbemerkt einen Blick in den Brunnen zu werfen", sagte Angelos.

„Und wie sieht der Plan aus?"

„Heute Nacht legen wir uns wieder in Foko auf die Lauer. Morgen sprechen wir dann nochmal mit dem alten Mantzaris und Nikos von der Feuerwehr. Die sollen die Gerätschaften für den Brunnen Stück für Stück nach Metallia bringen.

Und übermorgen fliegen wir nach Athen!"
„Aha. Warum? Ach nein, ich will's gar nicht
wissen", sagte Yariv.

26

Foko (Nordküste)

Es war 2 Uhr 50, als Yariv zum fünften Male
das Nachtsichtgerät abnahm. Die Dinger
sind verdammt schwer, dachte er. Als er es
wieder aufsetzte, sah er am Horizont etwas, das
sich bewegte. Überrascht war er nicht, denn
heute Nacht musste es passieren. Maria hatte
je einen Polizisten für zwei Stunden zu den
Minen beordert, der die Arbeiten beobachten
sollte.
Das Team von GMI hatte die Leichen ohne
Zweifel gefunden. Erst wurden die großen
Schachtbohrer abgestellt, dann die kleinen.
Danach wurde der Eingang mit großen Planen
abgedeckt.
Nun würde sich zeigen, ob Angelos recht hat.
Tatsächlich war es zweifellos ein Boot, das sich
von Norden näherte.

Yariv ging zu Angelos, der auf einer Eckbank des Restaurants lag und schüttelte ihn mehrmals.

Keine Reaktion.

Dann halt anders, dachte sich Yariv, öffnete Angelos´ Hose und streichelte ihn zärtlich zwischen den Beinen.

Angelos fuhr hoch.

„Was ist?"

Yariv musste lachen.

„Großer, es ist soweit. Ein Boot. Fünfhundert Meter. Geh du an die Rückseite!"

„Wieso ist meine Hose auf?", fragte Angelos.

„Einer meiner Geheimtricks. Siehst du etwas?"

Angelos sah nichts. Auf der Straße, eher ein Feldweg, war es ruhig. Doch dann sah er Bewegung auf der Kuppe des Hügels.

„Was zum Teufel … Yariv, was ist das?", rief Angelos.

„Hm. Ich würde sagen, das ist ein Quad mit Anhänger und zwei Leichen!"

„Du hast recht. Nicht mal mit einem SUV kommst du über den Hügel. Dann mal zu den Waffen!"

„Ruhig, Großer. Vor der Ballerei kommt erst der Lichtschalter", sagte Yariv.

Die Feuerwehr hatte zwei Lichtgiraffen aufgebaut und vier Strahler am Strand verteilt.

Yariv wartete, bis das Quad flaches Gelände erreicht hatte. Dann legte er mehrere Schalter um.

„Grundgütiger", sagte Angelos. Das gleißende Licht sorgte für sekundenlange Blindheit – und orientierungsloses Geschehen am Strand.

Wie erwartet drehte das Boot hektisch ab. Angelos schoss drei Mal in die Luft. Die zwei Quadfahrer sprangen ab und rannten in Richtung Dunkelheit bergauf.

„Sie lassen das Quad stehen. Sehr gut", sagte Yariv. „Musste das mit der Knallerei sein?"

„Natürlich. Ab und zu muss man die Dinger gebrauchen, sonst rosten sie ein", antwortete Angelos und grinste. „Gut. Du nimmst den Wagen. Ich fahre das Quad und bringe die Leichen zum Flughafen. Danach Nickerchen und nachmittags der Alte!"

„Alles klar", sagte Yariv und wollte zur Türe.

„Stopp. Du wolltest vorher noch meine Hose zumachen. Du hast sie auch aufgemacht!"

Yariv schüttelte den Kopf.

„Das ist doch nicht zu glauben! Da draußen liegen zwei Leichen!"

„Die stört das nicht mehr! Außerdem haben wir hier drei Giraffen, nur zwei sind von der Feuerwehr", sagte Angelos.

Yariv lachte.

„Leuchtet er jetzt auch noch?"

27

Vor dem Haus des alten Mantzaris wartete sein Sohn, Richter Mantzaris.

„Mit deinem Alten kommen wir schon zurecht", sagte Angelos.

„Wenn ich da bin, verkneift er sich wenigstens die schlimmsten Entgleisungen!"

Der Alte saß am Tisch und lächelte zahnlos.

„Schau hin. Der Herr Bürgermeister und sein Gatte. Alles fit im Schritt?"

„PAPA!"

„Heut morgen ging´s noch", sagte Angelos.

„Sehr gut. Wenn ich etwas bereue, dann, dass ich in meinem Leben nicht mehr gef…"

„PAPA! Die Herren brauchen ein paar Auskünfte!"

„Stimmt. An dem Tag, an dem wir bei Ihnen waren, sind zwei Geologen in Stollen vier verschüttet worden. Angeblich ein Deckeneinsturz", sagte Angelos.

„Geologen?"

„Ja. Kapino meinte, es wäre eine turnusgemäße Inspektion! Sicherheit und Umweltschutz!"

Der Alte lachte.

„Als ob sich die Amis darum scheren würden. Die sind damals innerhalb von vier Wochen verschwunden. Haben alles zurückgelassen und wurden nie mehr gesehen. Außerdem wird eine Inspektion von Bergbauingenieuren durchgeführt. Geologen haben davon keine Ahnung! Wo ist das passiert?"

„Stollen vier", sagte Angelos.

„Ich lach mit tot. Vier hat gar keine Verschalung, denn er führt durch Granit. Haben Sie Bilder?"

„Klar, aber nur auf dem Handy!"

„Und?", sagte der Alte und zog ein iPad aus der Schublade.

„Blauzahn?", fragte der Alte.

„Hä?"

„Blauzahn. Bluetooth", meinte der Alte.

„Aha. Das sind zwei Aufnahmen vom Inneren!"

„Zu klein. Schicken!"

Der Alte sah sich die Fotos genauer an.

„Da ist nicht die Decke eingestürzt. Schauen Sie oben links und oben rechts. Links ist alles in Ordnung, rechts oben ist ein Loch. Es war hauptsächlich die rechte Seitenwand, auch aus Granit. Da kann gar nichts einstürzen!"

„Das dachte ich mir schon. Man müsste also Sprengstoff oben rechts platzieren, um dieses Ergebnis zu erhalten?", fragte Angelos.

„Hm. Nein. Dort verlief das Lüftungsrohr. Und das kommt von Stollen fünf. Die Luft in einem Schacht ist problematisch. Zuviel Stickstoff und Kohlenmonoxid. Deswegen die Querverbindungen!"

Angelos schaute zu Yariv.

„Dann wissen wir, wie sie es gemacht haben. Schwierig war das nicht und noch dazu sicher", sagte Yariv.

„Die armen Kerle", meinte Angelos. „Sie hatten keine Chance. Noch etwas, Herr Mantzaris. Dieser Mann von der Gewerkschaft. Erinnern Sie sich an seinen Namen?"

„Nein, aber das ist kein Problem. Ich kenne noch viele von den alten Gewerkschaftlern!" Angelos grinste.

„Er hat vier Wochen Undercover gearbeitet. Dann war er weg. Uns wurde verboten, nur darüber zu sprechen. Das war 1970, während der Diktatur! Wir waren froh, wenn wir nicht im Knast landeten!"

„Ah. Sie waren Kommunist!"

„Falsches Thema", sagte Richter Mantzaris. „Klappe. Du schämst dich dafür, dass ich Kommunist bin? Ja, Herr Kommissar, ich bin es immer noch. Und stolz darauf! Schauen Sie sich unsere Insel an. Das ist die hässliche Fratze des Kapitalismus in seiner Endphase!"

„Das brauchst du dem Bürgermeister nicht erklären. Das weiß er selber!"

„Warum tut er dann nichts?"

„Herrgott, Vater. Er tut, was er kann. Außerdem ist er nicht hier, um gesellschaftliche Diskussionen zu führen", sagte der Sohn des Alten.

„Der Junge arbeitete für die Gewerkschafts-Zeitung. Die „Humanität". Sie gibt es noch heute, wenn auch nur noch als Online-Ausgabe. Alle arbeiten ehrenamtlich!"

„Ich brauche alle seine Daten. Vor allem den Wohnort seiner Familie!"

„Haben Sie bis morgen. Aber wozu?"

„Ich habe eine Vermutung, wo die Leiche sein könnte", sagte Angelos.

„Und die wäre?"

„Woher kam euer Wasser?"

„Na, aus den Brunnen, woher sonst? Selbst in Chora gab es noch keine Leitungen. In den Sechzigern lief noch immer der Wassermann durch die Straßen", sagte der Alte.

„Die Brunnen, genau. Aber es sind verdammt viele! Genauer gesagt sechzehn!"

„Dafür gibt es eine einfache Erklärung: damals hat man Säure und Quecksilber einfach ins Erdreich geschüttet. Man hat quasi den eigenen Brunnen vergiftet. Damit wir nicht krank werden, gab es den Katzentest!"

„Was bitte ist ein Katzentest?"

„Der ganze Nordosten ist voller Wildkatzen. Die Frauen haben immer einige gefangen, die dann in ein Gehege kamen. Morgens band man eine Katze an einen Pflock und gab ihr eine Schüssel Wasser aus dem Brunnen. War sie mittags tot, wusste man, dass man einen neuen Brunnen brauchte. War aber kein großer Akt, wir hatten ja das passende Gerät!"

„Sehr tierfreundlich", knurrte Angelos. „Aber zurück zu den Brunnen. Fünfzehn von ihnen haben einen Holzdeckel, nur der sechzehnte hat eine Betonplatte!"

Angelos zeigte dem Alten die Fotos.

„Der Brunnen ist auch etwas abseits gelegen, hinter der Kuppe", sagte Angelos.

„Hm. Sie haben recht. Jetzt erinnere ich mich: das Gelände war eingezäunt. Wegen eines Hohlraumes in der Nähe. Wir Arbeiter waren nie dort, denn wir durften nicht mal in die Nähe des Zaunes!"

„Ist doch seltsam, oder?", fragte Angelos.

„Wenn sie zehn Stunden unter Tage gearbeitet haben, könnte ein Engel vor ihnen auftauchen – sie würden sich nicht wundern! Man will nur nach Hause! Aber warum interessiert Sie der Brunnen?"

„Die fehlenden Leichen liegen nicht bei St. Barbara. Auch nicht am Fabrika-Platz. Die Hinterbliebenen derer, die nicht von Mykonos stammen, bekamen sie auch nicht. Also wo könnten sie sein? Vor allem die Leichen, von denen man unbedingt vermeiden wollte, dass sie auftauchen!"

„Sie meinen, die könnten in dem Brunnen Nr. 16 sein?", fragte der Alte. „Und wer geht da runter?"

„Na ich. Wer sonst?", fragte Angelos.

„Mein Gatte steht auf Adrenalin", knurrte Yariv.

„Und ich dachte, er steht nur auf Ihren Knackarsch", sagte der Alte.

Auf der Rückfahrt von Ano Mera brummte Angelos´ Handy.

„Die Villa Maximos. Aber es ist Eleni!", sagte Yariv.

„Hätte mich auch gewundert, wenn sich Athen ganz herausgehalten hätte", knurrte Angelos, nahm das Gespräch aber an.

„Hallo, Schöner. Ich hab vorhin zufällig mitbekommen, dass der amerikanische Botschafter morgen um 12 einen Termin beim Premier hat", sagte Eleni.

Angelos lachte.

„Zufällig? Du hörst doch alles mit!"

„Nur so kann ich die größten Böcke verhindern. Nicht alles Premiers waren mit Intelligenz gesegnet. Aber es ging in dem Gespräch um dich. Der Botschafter faselte etwas davon, dass du Arbeiten eines amerikanischen Unternehmens auf Mykonos behinderst!"

„Was vollkommen zutrifft, weil es eine Bande von Verbrechern ist!"

„Dann wäre es wohl sinnvoll, wenn du morgen zu dem Termin nach Athen fliegst", sagte Eleni.

„Und was sagt Migiakis dazu, wenn ich bei der Audienz dabei bin?", fragte Angelos.

„Der macht, was ich ihm sage. Dann bis morgen – und ich liebe Ziegen-Feta aus Mykonos!"

28

Premierminister Antonis Migiakis war düsterster Stimmung. Die wöchentliche Befragung im Parlament endete wie meist in einem Eklat.

Gedankenverloren lief er über den Syntagma-Platz zur Villa Maximos, seinem Amtssitz.

Zu Eleni sagte er nur „Scheißjob" und marschierte in sein Büro. Sein Stuhl war hingegen schon belegt.

„Was machst du denn hier?", knurrte Migiakis. „Ach ja, ich vergaß: dein Fanclub sitzt in meinem Vorzimmer!"

„Ich freue mich auch, dich zu sehen", sagte Angelos.

„Was hast du denn diesmal wieder angestellt? Wegen dir muss ich jetzt diesen widerlichen Botschafter empfangen!"

Angelos erklärte es ihm.

„Liegt eine Straftat vor, erlischt die Konzession, aber mir macht Washington die Hölle heiß!"

„Dann bekommst du einen Vorgeschmack auf deinen zukünftigen Wohnort!"

Migiakis lachte – für zwei Sekunden, dann hörte man Elenis Stimme: „Er ist da!"

Der Botschafter war ein typischer Amerikaner: übergewichtig, schwitzend und – um es vorsichtig zu formulieren – unbescheiden.

„Was soll das, Antonis? Ich dachte, wir führen ein Vier-Augen-Gespräch!"

„Mein lieber Ernest. Du hast dir selbst einen Termin vergeben. Dann darfst du dich nicht wundern, wenn derjenige, der zuerst da war, hier wartet. Also: was willst du?"

„Ich will, dass du auf Mykonos für Ordnung sorgst. Ein sehr angesehenes US-Unternehmen schafft dort Arbeitsplätze, sorgt für Steuerein-nahmen und wird permanent vom örtlichen Bürgermeister schikaniert. Der Typ heißt …"

„… Nikakis. Soll ich ihn gleich anrufen?"

„Ich bitte darum. Lass ihn strammstehen und einen Bückling machen. Man hört, das gefällt ihm sogar!"

Angelos saß drei Meter entfernt in einem Sessel und ließ es laut klingeln.

Lächelnd legte Premierminister Migiakis auf und sagte: „Darf ich vorstellen? Angelos Nikakis. Der Bückling!"

Der Botschafter lief knallrot an.

„Du hast mich reingelegt!"

„Warum? Du wolltest eine umgehende Klärung. Hier ist sie!"

Antonis und Angelos tauschten die Plätze.

„Ihr ehrenwertes Unternehmen hat sich mehrerer Verbrechen schuldig gemacht, darunter Mord, des weiteren Bestechung eines Amtsträgers … Mein Anliegen ist, die Vorwürfe zu belegen und dann das ganze Projekt zu stoppen. Wenn nötig mit kräftiger Begleitmusik durch die Medien. Dass sich Washington einmischt, könnte zufällig auch erwähnt werden. Das kommt besonders in Griechenland nicht gut an", sagte Angelos und lehnte sich zurück.

„Mord? Wie darf ich das verstehen?"

„Es könnte sein, dass wir dem Unternehmen mehrere Morde nachweisen können. Direkt angeordnet von der Geschäftsleitung. Da Sie selbst Texaner sind, kennen Sie die Praktiken der Firma genau. Oder muss ich erst den Kongo erwähnen?"

Der Botschafter sagte nichts.

„Ich kann Ihnen nur empfehlen, dem Festakt fernzubleiben. Sagen wir wegen einer Magen-Darm-Grippe. Das Event wird ein großes Medienecho auslösen und glauben Sie mir: Sie möchten nicht dabei sein!"

Knurrend stand der Botschafter auf, drehte sich um und sagte zu Antonis:

„Man sieht sich immer zwei Mal!"

„Ja. Das nächste Mal aber bitte erst weit in der Zukunft. Guten Tag, Herr Botschafter!"

Der Amerikaner zog schnaubend von dannen.

„Puh. Was hast du da von Bestechung gefaselt?"

„Der Herr Präfekt von Syros", erklärte Angelos.

„Napoleon Zervas? Verdammt. Das ist ein Parteifreund!"

„Dann solltest du schon mal den Satz üben: ‚ich weiß von nichts'. Das sollte dir doch nicht schwerfallen!"

Migiakis lachte.

„Unverschämt wie immer. Einen Aufruf zur
Mäßigung kann ich mir wohl sparen!"
„Aber sowas von", sagte Angelos und ging.

Er war kaum zur Tür draußen, als Yariv anrief.
„Du musst sofort zurück. Der Hubschrauber
wartet auf dem Dach des Präsidiums. Der alte
Mantzaris ist tot!"

29

Eine Stunde später rannten Angelos und
Yariv ins Haus des alten Mantzaris in Ano
Mera.
Dessen Sohn, Richter Alessandros Mantzaris saß
mit eingefallenem Gesicht im Fernsehsessel des
Alten.
Er sagte nichts.
Angelos ging in die Küche. Dort lag Mantzaris
senior in einer großen Blutlache. Man hatte ihm
die Kehle durchgeschnitten. Das Tatwerkzeug
lag im Ausguss: ein Teppichmesser.
„Es tut mir leid, Alessandros", sagte Angelos.
Der Richter stand auf, packte Angelos am Shirt:

„WARUM? WARUM MUSSTEST DU IHN MIT REIN ZIEHEN? Er war ein alter Mann, ein Greis …"
Schon bei den letzten Worten erlahmte die Wut und der Richter ließ seinen Kopf auf Angelos´ Schultern sacken und weinte bitterlich.
„Ich wollte nur ein paar Informationen. Mehr nicht. Hätte ich auch nur geahnt, dass er in Gefahr war …"
„…hättest du ihn woanders untergebracht. Aber er hätte dieses Haus niemals verlassen. Wahrscheinlich hätte er dich wüst beschimpft. So war er. Ruppig und furchtbar unhöflich. Aber er war mein Vater", sagte Mantzaris.
„Aber warum? Mein Vater wusste doch nichts. Ihr habt über die Minen geplaudert, sonst nichts!"
„Der Mörder sah das offensichtlich anders", sagte Yariv. „Ich hole mal die Lümmeltüten!"
„Lümmeltüten? Ach, er meint Spusi. Soll ich nach draußen?", fragte Mantzaris.
„Ja, bitte. Sollen wir den Bestatter rufen?"
„Nein. Wir legen ihn aufs Bett und ich bleibe über Nacht. Das Blut wische ich auf. Das ist das Letzte, was ich für ihn tun kann", sagte der Richter und ging zur Vordertüre hinaus.
Als Angelos und Yariv allein in dem Raum waren, ging Angelos sofort zu dem Tisch, öffnete die Schublade, nahm das iPad heraus und steckte es hinten in seine Hose.
Plötzlich stand der Richter wieder im Raum.
„Angelos, komm mal her!"

„Da an dem Baum ist eine Kamera. Die habe ich noch nie gesehen", sagte Mantzaris.
„Ich glaube, dein Vater war cleverer als wir dachten. Und technisch versierter", meinte Angelos.
„Hat ihm auch nichts gebracht", sagte der Richter deprimiert.

Als sie wieder im Auto saßen, sagte Yariv:
„Ganz unschuldig sind wir nicht. Kapino wusste, dass der Alte in den Minen gearbeitet hat und dass wir mit seinem Sohn befreundet sind. Vielleicht war es nicht so klug, vor dem Haus zu parken. Kapino kennt unsere Autos", sagte Yariv.
„Alessandros hatte recht. Der Alte hätte das Haus nie verlassen. Außerdem macht mich die Kamera stutzig!"
„Du glaubst, der Täter ist auf Video?", fragte Yariv.
„Wenn wir Glück haben noch viel mehr. Der Alte war viel schlauer als wir vermuten. Lassen wir uns von seinem iPad überraschen!"

„Hallo? Test? Test? Scheiß Ding. Jetzt. Hallo, Herr Bürgermeister. Zunächst Entschuldigung, ich bin manchmal wirklich unhöflich. Ich glaube, Sie sind der Erste, der wirklich versucht, das Schicksal meiner verstorbenen Kollegen aufzudecken. Nicht nur um deren Willen – es geht vor allem um die Hinterbliebenen, die nicht abschließen können, ohne zu wissen, was passiert ist. Sie

haben nicht einmal etwas zu beerdigen. Also: wenn Sie sich konzentrieren – und die Hose anbehalten – können Sie es schaffen, diese Verbrecher zur Rechenschaft zu ziehen. Ich werde hier alles speichern, was mir einfällt – für den Fall, dass mir etwas passiert. Ich kann nicht abtreten, ohne etwas getan zu haben!"
Knacken.
„Nachtrag: ich habe auf dem iPad einen groben Plan der Stollen hinterlegt. Handgezeichnet. Vielleicht können Sie ihn brauchen!"
Knacken.

Entfernte Stimmen.
„Was willst du Gauner hier?"
„Ich kümmere mich um unsere Ex-Angestellten!"
„Nach 35 Jahren? Wie rührend!"
„Es ist eher eine Warnung. Du solltest vorsichtig sein und Nikakis nichts erzählen von deinen Verdächtigungen!"
Stühlerücken.
„Was meinst du?"
„Das weißt du ganz genau. Zum Beispiel deine absurde Theorie, wir hätten diesen Gewerkschaftler beseitigt!"
„Ach Gott. Ich hatte seinen Namen schon vergessen!"
„Mario Tsokopatis. Uns war schon nach drei Tagen klar, dass er ein kommunistischer Spion war!"
„Nikakis wird euch zur Strecke bringen. Endlich jemand, der sich für das Schicksal der Kumpel interessiert!"
„Die blöde Schwuchtel weiß gar nichts. und letztlich machen wir ihn platt!"

„Das werden wir sehen. Du solltest jetzt gehen!"

Stühlerücken.
Ein Aufstöhnen. Ein gurgelndes Geräusch. Poltern.

Der alte Mantzaris war tot.

„Das gibt es nicht. Er bringt Kapino dazu, den Namen selbst zu sagen", meinte Yariv.
„Ja. Er hat uns viel Arbeit abgenommen. Und in diesem Moment wusste er, dass er sterben würde."
„Das bedeutet, dass wir es ihm schuldig sind, die Mörder dieses Gewerkschaftlers zu finden, auch wenn es Jahrzehnte her ist!"
Angelos nickte.
„Sollten wir Kapino nicht verhaften? Es ist eindeutig seine Stimme. Und die Kameraaufnahmen zeigen, dass er zwei Minuten vorher das Haus betreten hat. Zumindest reicht es für einen Haftbefehl", sagte Yariv.
„Nein. Kapino weiß nichts von den Aufnahmen. Lassen wir ihn im Glauben, er käme davon. Ich möchte alle in einem Aufwasch überführen. GMI, Kapino und den Präfekten. Damit hätte sich dann die Wiederinbetriebnahme der Bergwerke erledigt!"
Yariv lachte.
„Eine große Angelos-Nikakis-Show also!"
„Ja, aber zuerst kommt zähe Polizeiarbeit. Wir müssen den Brunnen öffnen und die Hinterblie-

benen von Tsokopatis finden, denn wir brauchen die DNA!"

„Und natürlich übernimmst du den Brunnen selbst", sagte Yariv.

Angelos grinste nur.

30

Patrick Grant witterte seine Chance. Zwei der Vorstandsmitglieder gehörten dem Gremium an, weil sie große Hedgefonds repräsentierten. Beide hatten vor der Sitzung Grant gebeten, etwas mehr Druck zu machen. Die Sache schien Keller zu entgleiten. Dann folgten zarte Andeutungen, dass man an eine Neubesetzung des Postens des Vorstandsvorsitzenden denkt.

Grant hatte den Wink verstanden und meldete sich sofort zu Wort.

„Ich bin dezidiert der Meinung, dass die Firmenleitung den Komplex Mykonos nicht im Griff hat. Zum wiederholten Male hat man sich überraschen lassen, obwohl – auch von meiner Seite – immer davor gewarnt wurde, Herrn Nikakis zu unterschätzen. Wären Sie so freundlich, den Rest des Vorstandes über die letzten Fehlschläge zu informieren."

Chris Keller stand kurz vor der Explosion. Gut so, dachte Grant.

„Ich habe sehr wohl alles im Griff. Nur führen verschiedene Wege nach Rom!"

„Aber nur wenn man weiß, wo Rom liegt", sagte Grant genüsslich.

Manche Vorstandsmitglieder prusteten los, etwas ganz und gar Ungehöriges Im Vorstand von GMI, der eher ein Abnickgremium war.

„Dann will ich mal die verschiedenen Wege aufzeigen, die NICHT nach Rom führten. Die Polizei auf Mykonos hat die Leichen der Geologen beschlagnahmt, obwohl genau das verhindert werden sollte. Und der Druck aus Washington lief wohl auch ins Leere. Offensichtlich hat die Leitung vergessen, dass Herr Nikakis mit dem Premierminister befreundet ist!"

„Niemand konnte ahnen, dass dieser Nikakis bei dem Gespräch anwesend ist, sonst wäre der Premierminister ganz sicher eingeknickt!"

„Wie heißt der Premier nochmal?", fragte Grant.

Keller lief knallrot an.

„Spielt das eine Rolle? In sieben Tagen ist der Festakt zur Wiedereröffnung der Minen. Dann liegt auch die endgültige Abbaugenehmigung vor. Herr Nikakis kann dann so viele Tänzchen aufführen wie er möchte: die Sache ist gelaufen!"

„Ich befürchte, dass es bei dieser Veranstaltung zu einer bösen Überraschung kommen wird!"
„Noch einmal: der Mann ist Inselpolizist. Gut, er hatte Glück und hat ein paar Treffer erzielt. Genützt hat es nichts!"
Grant schaute in die Runde.
„Bei dieser Einstellung kann ich nur sagen: Gott stehe uns bei. Vor allem Ihnen!

31

Wer sind Sie?", fragte Angelos.
„Das spielt jetzt noch keine Rolle!"
Es war kurz nach acht Uhr abends gewesen, als das Handy „1 Anruf Unbekannt" anzeigte.
„Bevor Sie auflegen, möchte ich Ihnen sagen, dass es um Ihren aktuellen Fall geht!"
„Aha. Lassen Sie mich raten: Sie sind für GMI tätig und wollen mir ein Angebot machen", sagte Angelos.
Der Anrufer lachte.
„Herr Nikakis, ich mache immer meine Hausaufgaben. Daher weiß ich, dass man Ihnen mit Geld nicht kommen braucht. Sie waren mit einem Mann verhei .., äh, liiert, der ein

krankhafte Zuneigung zu Luxusgütern zeigte, sehr zu Ihrem Missfallen!"

„Lassen wir doch mein Privatleben außen vor", knurrte Angelos.

„Natürlich. Ich mache Ihnen kein Angebot, ich möchte Sie – im Auftrag meines Mandanten – ermutigen, Ihre Ermittlungen zu forcieren!"

„Ah, ich verstehe. Sie sind von der Konkurrenz", vermutete Angelos.

Der Mann lachte.

„Nein. Ich vertrete einen internationalen Fonds und der sieht das Handeln der Konzernführung von GMI mit gewissem Unbehagen. Daher möchte ich Sie bitten, einem Treffen mit meinem Mandanten zuzustimmen. Den Ort bestimmen Sie – es sollte aber nicht auf Mykonos sein, da GMI möglichst nichts davon erfahren soll!"

„Einen kleinen Moment", sagte Angelos und rief Yariv zu, er solle Abu Bakar anrufen, ob er morgen in der Ägäis unterwegs wäre.

Fünf Minuten später teilte Angelos dem Anrufer mit, man könne sich an Bord einer Yacht treffen. Die GPS-Daten kämen mittags.

„Eine Yacht mit Hubschrauber-Landeplatz?", fragte der Anrufer.

„Genauer gesagt zwei", antwortete Angelos süffisant.

Der Anrufer lachte.

„Die griechische Polizei verfügt über eine Yacht mit zwei Landeplätzen? Ich bin beeindruckt!"

„Nicht die griechische Polizei, sondern die Polizei von Mykonos!"

Angelos rief Abu Bakar an.
„Na, wie geht´s meinem Lieblings-Drogenhändler?"
„Sprich nicht immer von Drogen. Ich bevorzuge den Ausdruck Lifestyle-Produkte", meinte Abu Bakar.
„Ich werde es mir merken. Du müsstest mich hier abholen und mir deine Yacht für ein Treffen zur Verfügung stellen. Die Gegenseite kommt um 16 Uhr!"
„Dann hole ich dich um drei. Es gibt ein Problem auf Mykonos", sagte Abu Bakar.
„Ein Problem?"
„Ich befürchte, einer der Abnehmer vertreibt auch eigene Produkte!"
„Wer immer es ist, muss lebensmüde sein. Was ist nochmal dem Letzten widerfahren, der es versucht hat?"
„Seine Hoden hatten einen Zusammenstoß mit einer Nagelpistole. Aber entsprechend unserer Vereinbarung versuche ich es, über dich zu regeln!"
„Sehr vernünftig. Kein Ärger auf meiner Insel. Du verkaufst geräuschlos saubere Drogen und nur an Erwachsene. Dafür verzichtest du auf deine berühmten Disziplinarmaßnahmen", sagte Angelos.
„Wir haben einen Deal. Außerdem sind wir doch Freunde, oder?", fragte Abu.

„Das sind wir. Und neben der Yacht bräuchte ich in ein paar Tagen noch ein paar deiner Männer!"

„Wir werden uns schon einig", meinte Abu.

32

Am nächsten Nachmittag hatten Abu und Angelos das Vertriebsproblem abschließend geklärt. Angelos würde mit dem Clubbesitzer sprechen und ihm nahelegen, sich an das Arrangement zu halten. Die nötigen Druckmittel Sperrstundenverlängerung oder Hygienekontrollen wollte Angelos erst bei Uneinsichtigkeit anwenden. Und damit rechnete er nicht – jeder profitierte davon, dass auf Mykonos eine geordnete „Drogenpolitik" galt. Da auf einer Partyinsel Drogenkonsum nicht zu verhindern ist, war es besser, ihn zu kanalisieren, so Angelos´ Argument.

Die beiden saßen an Bord der Yacht, während Yariv auf Mykonos mit der Feuerwehr die Brunnenerkundung vorbereitete.

Kurz nach vier landete der Hubschrauber. Ihm entstieg ein Mann, der auffallend jung war.

„Ist der schon volljährig?", spöttelte Abu.

„Yassas, meine Herren. Herr Nikakis?"

„Ja. Und Ihr Name?"

Der Mann grinste.

„Sagen wir: Bobby Brown!"

„Dann willkommen auf meiner Yacht. Darf ich Sie kurz herumführen?", fragte Abu.

„Sehr gerne", antwortete der junge Mann, der sichtlich beeindruckt war von der riesigen Yacht.

„Was hast du vor?", flüsterte Angelos Abu ins Ohr.

„Lass mich nur machen!"

Vier Minuten später hörte man ein lautes Stöhnen, gefolgt von Geräuschen, die zweifellos ein Übergeben widergaben.

Leichenblass kam der Mann wieder an Deck.

„Was hast du mit ihm angestellt?", fragte Angelos.

„Keine Sorge. Ich habe ihm nur eine Videosequenz vorgespielt!"

„Die mit der Nagelpistole?", fragte Angelos.

„Nein. Ein Setting mit einer Bohrmaschine. Ich denke, er ist jetzt geerdet!"

Tatsächlich war der junge Mann deutlich weniger arrogant.

„Entschuldigen Sie, Herr Nikakis. Mein Name ist Phillip Harris von Global Environment Investments!"

„Eine Heuschrecke, die den Planeten rettet. Wer denkt sich solche Namen aus?"

Der junge Mann lachte.

„Sie tun unserer Branche unrecht. Wir sind deutlich progressiver in Sachen Umwelt- und Klimaschutz als die meisten Unternehmen. Sehen Sie, wenn die Welt zugrunde geht, wird Geld, ein imaginäres Produkt, überflüssig. Wir möchten, dass der Planet und unsere Kunden sich im wahrsten Sinne des Wortes entspannen, sonst verlieren auch wir unsere Daseinsberechtigung. Wir setzen daher Unternehmen und Regierungen unter Druck, nachhaltiger zu handeln!"

„Also doch eine Ansammlung von Philanthropen. Ich bin begeistert", spöttelte Angelos.

„Ich verstehe Ihren Zynismus, aber ich kann es Ihnen demonstrieren: das Management von GMI lebt noch im 20. Jahrhundert, wenn nicht gar im neunzehnten. Sie betreiben ihre Produktionsstätten wie zu Kolonialzeiten. Das Vorgehen im Fall Ihrer Insel können wir nicht gutheißen!"

„Da bin ich ja froh, dass Sie Mord und Totschlag verurteilen!"

„Mord?", fragte Harris entsetzt.

„Genauer gesagt: drei. Und es gibt noch einige offene Fälle aus früheren Jahren, bei denen wir uns um Aufklärung bemühen!"

„Um Gottes Willen. Unsere Vertreter im Vorstand hatten zwar die Vermutung, dass die Geschäftsleitung brachiale Methoden anwendet, aber direkt informiert wurden sie nicht. Bei Unternehmen wie GMI ist die

Compliance-Abteilung nur ein Feigenblatt. Aber das werden wir nicht mehr dulden!"

„Und Ihr Vorschlag wäre?"

„In der Regel versuchen wir, im Hintergrund Einfluss zu nehmen. Im Falle GMI ist dies allerdings schwierig, denn der jetzige Vorstand hat die volle Rückendeckung durch Washington!"

„Das habe ich bereits zu spüren bekommen!"

„Das wissen wir. Der Botschafter hat unseren Quellen zufolge getobt!"

„Das freut mich außerordentlich", sagte Angelos.

„Daher ist unsere Vorgehensweise in diesem Fall eine andere: bei GMI hilft nur ein großer Knall!"

„Das erstaunt mich. Sie mögen es doch gerne vertraulich und dezent!"

„Manchmal muss man den gordischen Knoten durchschlagen. Das bedeutet: wir würden eine möglichst geräuschvolle Ermittlung bevorzugen, unter Beteiligung der Medien! Danach werden die Trümmer weggeräumt, neues Personal installiert und ein neuer Name auf die Packung geschrieben!"

„Wie nach jedem Schiffsunglück. Ich erkenne aber bisher nicht, worin der Mehrwert für mich liegt", sagte Angelos.

„Herr Nikakis, ich habe alles über Sie gelesen, gehört und gesehen. Ich weiß, ich sehe aus wie ein Greenhorn, aber ich habe die Fähigkeit nichts zu vergessen und kann eine Person gut einschätzen, ohne sie je persönlich kennengelernt zu haben. Nennen Sie es Profiling.

Deswegen überträgt man mir solche Fälle. Sie lieben die Show. Aber nicht, um Aufmerksamkeit auf sich zu lenken. Die Meinung Dritter ist Ihnen egal. Ich glaube, Sie legen nur Wert auf den Applaus aus Ihrem Inneren. Und ein wenig von Ihrem Mann, Yariv, der gern lauter applaudieren würde, sich aber davor fürchtet, Ihnen seine Bewunderung zu offen zu zeigen. Aber dies nur nebenbei. Eine Nikakis-Show würde uns sehr helfen. Ihr Mehrwert? Die neue Unternehmensleitung würde alle Aktivitäten auf Mykonos einstellen und Ihnen das Gelände für einen symbolischen Euro überlassen!"

Angelos überlegte. Die Analyse seines Charakters durch Mr. Harris war erstaunlich zutreffend – und das Angebot verlockend.

„Und vergessen Sie nicht die Dankbarkeit der Inselbewohner. Sie beenden das Kapitel Mykobar für immer!"

„Das perfekte Setting wäre natürlich der Festakt am Samstag abends auf dem Gelände. Die Medien wären anwesend, aber leider fehlen mir noch einige Programmpunkte: Obduktionsergebnisse, die Brunnenexpedition …"

Harris lächelte.

„Sie meinen Brunnen Nummer 16?"

„Woher wissen Sie das? Wenn Sie mich abhören lassen …"

„Nein, nein. Das würde ich nicht tun. Fakt ist, dass GMI morgen ein Security-Team einfliegen lässt. Dessen Aufgabe ist nicht nur die Sicherung des Geländes und des Festaktes, sondern ausdrücklich auch die lückenlose Überwachung des besagten Brunnens!"

„Woher wissen Sie das?", fragte Angelos.

„Wir haben immer Informanten in unseren Unternehmen sitzen, und zwar nicht nur an der Spitze, sondern auch in der mittleren Ebene. Wir haben dafür gesorgt, dass das Security-Unternehmen die angeforderte Crew durch einen bedauerlichen Logistikfehler leider nach Afrika schickt und daher erst zwei Tage später eintrifft – am Tag nach dem Festakt!"

Harris grinste.

„Ich bin beeindruckt", sagte Angelos.

„Danke. Sie können sich ganz und gar auf den Programmablauf der Show konzentrieren. Bis Chris Keller und Konsorten merken, dass etwas nicht stimmt, haben Sie längst die Bühne betreten. Dann liegt es an Ihnen. Aber tun Sie uns bitte einen Gefallen: stürzen Sie bitte nicht in den Brunnen! Sie wissen jetzt, dass Sie auf der richtigen Spur sind. Daher sollten Sie die Sache entspannt angehen!"

Angelos lachte.

„Als mein Profiler sollten Sie wissen, dass ich Entspannung für eine Krankheit halte!"

Philip Harris stand auf und gab Angelos die Hand.

„Möge die Show gelingen. Es war mir eine Freude, Sie kennengelernt zu haben. Ich meine das ernst. Schade, dass wir nicht in derselben Liga spielen!"

Harris ging zum Hubschrauber.

„Du kannst den Mund wieder zumachen", sagte Abu.

„Was war denn bitte das?"

„Was wohl? Ein neuer Verehrer. Aber einer, der gleich aufgibt und stattdessen deinem Fanclub beitritt. Ein hochrangiger Vertreter eines Hedgefonds. Man kann schlechtere Freunde haben!"

„Ich hätte schwören können, dass er hetero ist", sagte Angelos.

„Vielleicht war er es, bis er dich in deiner Beulenjeans gesehen hat", meinte Abu und lachte.

„Idiot!"

33

Und? Haben die drüben uns bemerkt?", fragte Angelos Nikos, den Feuerwehrkommandanten.

„Klar. Ein Sicherheitsmann kam vom Hügel herunter. Wir haben ihm erzählt, wir stellen einen Zaun auf. Jetzt ist alles mit Sichtschutz versehen. Wenn sie keinen Satelliten haben, sehen sie gar nichts. Du willst tatsächlich selbst in den Brunnen? Blöde Frage. Natürlich willst du!"

Angelos beobachtete, wie die Feuerwehrleute das Stahlseil der Winde an einem Metallkäfig mit drei aufrechten Stangen befestigten, die drei Meter höher zusammengebunden waren. Zwei der Stangen waren in Hüfthöhe mit einem Querstück verbunden, ein Gurt sicherte die beiden anderen Seiten.

Einer der Sahas-Brüder befestigte eine schwere Umlenkrolle. Yariv half Angelos, den Korb in den Brunnen zu hieven.

„Sieht aus wie ein Haifischkäfig", sagte Yariv. Angelos setzte sich einen Schutzhelm auf, nahm ein schweres Seil auf die Schulter und testete das Mikro.

„Dein erstes Mal?", fragte Nikos, der Feuerwehr-kommandant.

„Ja!"

„Ein Brunnen wird unten meist enger! Könnte sein, dass du steckenbleibst. Dann musst du …"

„Schon klar. Los geht´s!"

Nikos gab das Zeichen: „Ab!"

Der Käfig senkte sich. Yariv sah den kräftigen Strahl der Maglite und hörte eine blecherne Stimme, die dem Mann an der Winde Kommandos gab.

Stopp, weiter, langsamer.

„Verfluchte Moskitos", hörte Yariv Angelos schimpfen.

„Wie tief ist er jetzt?", fragte Yariv.

„32 Meter", antwortete Nikos. „Er müsste gleich unten sein!"

Es kam Yariv vor wie eine Ewigkeit.

„Ich bin unten", hörte er Angelos aus dem Mikro bellen.

„Diese Headsets sind einfach super. Wenn ich an die Zeiten mit Walkie-Talkie denke. Da unten hätten sie nicht mal funktioniert", sagte Nikos.

„Aus Dankbarkeit für die Beschaffung holen wir ihn auch wieder hoch!"

„BINGO", hörte man aus der Tiefe. „Ich steige aus!"

Yariv verdrehte die Augen. War ja klar.

Über das Mikro hörte man Geklapper. Angelos warf irgendetwas in die Wanne.

„Hier unten sieht´s aus wie auf der Resterampe der Pathologie. Ich konzentriere mich mal auf die Schädel!"

Es klapperte noch mehrmals, dann hörte Yariv das ehrlösende: „Hoch!"

Dann tauchte Angelos´ Kopf zuerst auf. Sein Overall war klatschnass. Er öffnete den Gurt.

„Gott, war das heiß da unten!"

„Du riechst einfach scharf", sagte Yariv leise zu Angelos.

„Sollen wir nochmal zusammen runterfahren?", fragte Angelos grinsend.

„Danke, nein. Und was hat uns der Brunnen- mann mitgebracht?"

Angelos bückte sich.

„Haufenweise Knochen und Schädel. Besonders den hier finde ich interessant. Sag du mir warum!"

Yariv drehte den Schädel.

„Ein Schädelbasisbruch. Und ein Einschussloch am Hinterkopf. Ich vermute, der Ärmste bekam einen Schuss ins Genick und wurde in den Brunnen geworfen, Dabei ging dann der Schädel zu Bruch!"

„So sehe ich das auch", meinte Angelos.

„Und da unten ist der ganze Boden bedeckt!"

„Du gehst da nicht mehr runter", sagte Yariv.

„Du hattest deinen Adrenalinschub!"

„In Ordnung. Das sollen die Sahas-Brüder machen!"

„Fahrlässige Tötung wäre verjährt, aber bei Mord wurde es geändert, oder?", fragte Yariv.

Angelos lächelte.

„Oh ja. Nach der Diktatur hat man die Verjährung nach 30 Jahren abgeschafft, und zwar rückwirkend. Mord verjährt nie. Und ich verwette mein linkes Ei, dass dieser Schädel zu einem Mordopfer gehört! Genauer zu Mario Tsokopatis! Dazu brauchen wir die Vergleichs-DNA!"

„Dennoch: nach fünfzig oder sechzig Jahren etwas zu beweisen, ist schwierig. Die Vermutungen von Mantzaris senior werden wohl nicht reichen, zumal er tot ist", widersprach Yariv.

„Ach, da bin ich optimistischer", sagte Angelos und zog mit zwei Fingern eine Pistole aus der Tasche.

„Die Tatwaffe?", fragte Yariv erstaunt.

„Warum nicht? Ein Brunnenschacht, damals noch mit Wasser, ist doch eine gute Entsorgungsstelle!"

„Noch schöner wäre die Patrone!"

„Vielleicht findet die Feuerwehr unten noch mehr. Es liegen auch Akten unten. Als die Amis überstützt abgezogen sind, benötigten sie wohl einen größeren Abfallkorb. Und wir suchen hier oben nach Hinweisen. Ich weiß: eine Nadel im Heuhaufen", sagte Angelos.

„Hm. Vielleicht nutzt du deine Wünschelrute", meinte Yariv grinsend.

„Vielleicht sollte ich dich in den Brunnen werfen", sagte Angelos.

34

Am nächsten Morgen stolperte Yariv schlaftrunken die Treppen hinunter. In der Küche stand ein energiegeladener Angelos und schrieb den Flip-Chart voll.

„Yassu, Löckchen!"

„Wie machst du das nur? Du rennst von A nach B, fliegst nach C, putzt einen Premierminister und einen Botschafter herunter, zurück nach A – und dann willst du auch noch Sex!"

„Oh. Hab ich dich wieder überfahren? Das tut mir leid. Aber deine Regel lautete: bei Ermittlungen bestimme ich, Zuhause du!"

„Du hast nichts verkehrt gemacht. Ich habe nur nicht deinen Energielevel. Ehrlich gesagt sehne ich mich nach ein paar Tagen Ruhe. Vielleicht finde ich dann wieder die Muse, um zu malen!"

„Ich verspreche dir, spätestens am Montag ist alles vorbei. Den Rest kann Maria erledigen. Ich nehme drei Wochen frei und alles dreht sich dann nur um dich", sagte Angelos.

„Drei Wochen frei? Um Gottes Willen. Dann willst du noch mehr Sex!"

„Ich kann mich auch zurücknehmen. Ich schaffe das", meinte Angelos.

„Du schon, aber *er* nicht", antwortete Yariv und lächelte. „Es ist nicht nur der Stress, sondern auch die Angst. Du rennst in jede dunkle Höhle und ich stehe draußen und habe Angst, dass dir etwas passiert. Wie bei deiner Brunnenexpedition!"

„Aber Kleiner, der Korb war gesichert, ich zusätzlich auch. Was sollte da passieren?"

„Was weiß ich? Der Brunnen hätte einstürzen können, ein Skorpion, der dich sticht, …"

„Es gibt keine Skor …"

„Du weißt genau, was ich meine!"

„Gut. Vereinbaren wir doch ein Codewort, mit dem du mich bremsen kannst!"

„Wie beim Sado-Maso-Sex?", fragte Yariv amüsiert. „Gut. Jetzt brauchen wir nur noch ein Wort. Wie wäre es mit ‚Alex'? Auch er hatte immer Angst, dich zu verlieren!"

„Abgemacht. Soll ich Maria Bescheid geben, dass sie von dir übernimmt?"

Yariv schüttelte den Kopf.

„Nein. Aber danach wäre ein bisschen Entspannung schön. Also: was steht an?"

„Also: die Obduktion der beiden Geologen hat ergeben, dass beide Spuren von Sprengstoff aufweisen. Aber jetzt kommt Kärrnerarbeit", sagte Angelos.

„Die Angehörigen von Mario Tsokopatis finden und darauf hoffen, dass wir DNA-Vergleichsmaterial bekommen. Und? wie viele Tsokopatis gibt es in Griechenland?", fragte Yariv.

„Vierundachtzig!"

Yariv verdrehte die Augen.

„Und wie immer liegt der Treffer ganz am Ende der Liste. Danach müssen wir hinfliegen, das Material nach Athen bringen …"

Angelos nickte.

„Auf deiner Liste steht ‚Kapino'. Ich nehme an, er landet nach dem Event im Brunnen?"

„Er hat einem alten Mann die Kehle durchgeschnitten", sagte Angelos.

„Und du fühlst dich irgendwie verantwortlich für den Tod des Alten, richtig?"

Angelos nickte.

„Kapino könnte einem tragischen Unglück zum Opfer fallen!"

„Damit könnte ich leben", meinte Yariv. „Und jetzt her mit der Liste!"

35

Es wurde ein regelrechter Wettbewerb zwischen Angelos und Yariv.
Yariv arbeitete entsprechend der üblichen polizeilichen Vorgehensweise: alle Tsokopatis nacheinander abtelefonieren.

Angelos hingegen erinnerte sich an die Worte des alten Mantzaris. Er rief einen der Journalisten der kommunistischen Zeitung an und fragte nach einem älteren Kollegen, der noch die Zeiten der Diktatur erlebt hat.

„Die griechische Polizei untersucht den Mord an einem kommunistischen Journalisten? Es geschehen noch Zeichen und Wunder", knurrte Markos Svolou, früherer Chefredakteur der „Humanität".

„Erstens ist es mir egal, wen ein Mordopfer wählt. Und zweitens ermittelt die Polizei auf Mykonos", sagte Angelos.

„Gehört das nicht mehr zu Griechenland?", spöttelte Svolou.

„Bedingt!"

„Ein Kommissar mit Humor. Es wird Zeit, dass den beiden Kollegen Gerechtigkeit widerfährt!"

„ZWEI??", fragte Angelos.

„Natürlich. Mario Tsokopatis fuhr nach Mykonos, um mehr über einen anderen Journalisten zu erfahren, der ein paar Wochen vorher nicht mehr zurückkam!"

„Wissen Sie noch den Namen des ersten Journalisten?"

„Natürlich. Es war Evangelos Matreras aus Saloniki!"

„Gut. Zur Aufklärung brauchen wir einen DNA-Vergleich zunächst bei Tsokopatis. Wissen Sie noch, wo seine Familie lebt?"

„Natürlich. Tsokopatis´ Eltern hatten mich mal zum Essen eingeladen. Wir Kommunisten waren und sind eine eingeschworene Gemeinschaft. Sie lebten am Stadtrand von Kalamata!"

„Gut. Da können uns die Kollegen in Kalamata sicher helfen. Eine Frage noch: Warum haben Sie die Morde damals nicht angezeigt?", fragte Angelos.

Svolou lachte.

„Sie haben die Zeit nicht erlebt. Unsere Zeitung musste in Bulgarien gedruckt und heimlich verteilt werden. Wir konnten froh sein, wenn wir nicht nach Gyaros kamen!"

„Sie haben recht. Man kann sich das gar nicht mehr vorstellen. Sollte uns eine Lehre sein!"

„Kann jederzeit wieder vorkommen", sagte Svolou.

„Sie bekommen jederzeit Asyl auf Mykonos!"

Svolou lachte.

„Viel Glück, Herr Kommissar. Und: Danke!"

Yariv war zwischenzeitlich bei Nummer 22 angekommen.

„Du hast gewonnen. Und jetzt?"

„Ich rufe die Polizei in Kalamata an. Dann rufst du bei der Familie an und kündigst unseren Besuch an", schlug Angelos vor.

„Warum ich?"

„Weil du feinfühliger im Umgang bist. Und eine Todesnachricht nach fünfzig Jahren bedarf eines vorsichtigen Vorgehens."

Yariv stöhnte.

„Kalamata. Das heißt, wir müssen über Athen fliegen!"

„Oder wir fragen Abu, ob er uns den Hub-schrauber leiht!"

„Die Kollegen in Kalamata werden uns für die griechische Version von ‚Miami Vice' halten."

„Wir sind besser – und sehen besser aus", sagte Angelos und grinste.

36

Tatsächlich machten die Kollegen in Kalamata große Augen, als der Hubschrauber auf dem Dach des Krankenhauses landete. „Es gab Zeiten, da hatten wir nicht mal genügend Benzin für unsere alten Autos", schimpfte der ältere Polizist, der Angelos und Yariv zum Haus der Familie Tsokopatis fuhr.

„Das hängt immer vom Chef ab", sagte Angelos.

Yariv grinste.

„Würde mir der Chef dann erklären, was wir mit der DNA-Probe machen, so denn noch eine da ist. Wie lange dauert eine Analyse im besten Falle? Zwölf Stunden?"

„Genau!"

„Und wie viele Stunden gibst du Karnezis?"

„Zwölf Stunden!"

„Warum sollte Karnezis das tun?"

Angelos grinste.

„Weil Pathologen immer darunter leiden, im Keller arbeiten zu müssen, nie im Rampenlicht zu stehen. Deswegen schreiben die meisten Bücher. Aber die werden nur dann Bestseller, wenn die Geschichten zu den Fotos erzählt werden!"

„Ah. Und diese Geschichten lieferst du ihm. Ich vermute, er hat dich schon einmal darum gebeten und du hast abgelehnt", sagte Yariv.

„Mehrmals. Aber ich glaube, das war egoistisch und so bin ich nicht!"
Yariv lachte laut.
„Böser Junge. Ganz böser Junge!"

37

Die alte Frau sah aus wie ein alter Olivenbaum.
Knorrig und krumm, Ergebnis eines langen Lebens voller Arbeit und Gram.
„Ich spreche nicht mit der Polizei", blaffte Eleni Tsokopatis.
„Auch nicht, wenn wir Nachrichten über Ihren Sohn Mario bringen?", sagte Angelos.
„Mario ist seit fünfzig Jahren tot. Was sollte es da für Nachrichten geben?"
„Zum Beispiel, dass wir vielleicht seine Leiche gefunden haben. Und uns auch sicher sind, wer ihn ermorden ließ", meinte Yariv.
Die alte Frau begann zu zittern. Sie war letzten Sonntag 96 Jahre alt geworden, hatte ihnen der Polizist erzählt.
„Kommen Sie herein", knurrte sie.

Das Innere des winzigen Hauses sah aus wie ein Museum aus den vierziger Jahren. Wie bei Mantzaris senior.

„Warum jetzt?", fragte die Alte.

„Weil wir gegen die Bergbaufirma ermitteln, Frau Tsokopatis", sagte Yariv.

„Fünfzig Jahre. Das ist selbst für griechische Verhältnisse sehr lang!"

„Der Mord an Ihrem Sohn steht offenbar in Verbindung zu einem Mord, der sich vor neun Tagen auf Mykonos ereignet hat!"

„Mykobar. Mario war ihnen auf der Spur. Menschen verschwanden einfach. Die sterblichen Überreste derjenigen, die von Mykonos selbst stammten, wurden beerdigt. Der Rest? Die Familien haben nichts erfahren, konnten nicht Abschied nehmen. Und Fragen beantwortete Mykobar nicht. Schon gar nicht während der Diktatur. Die Polizei tat das, was Athen wollte. Und Arbeiter im Bergbau waren fast alle Kommunisten, denn die Arbeitsbedingungen waren unmenschlich. Die Kumpel waren also Staatsfeinde. Mario ließ sich von Mykobar anheuern. Telefon gab es damals noch nicht, also schrieb er Briefe. Plötzlich kamen keine mehr. Mein Mann fuhr nach Mykonos, aber er wurde schon an der Bushaltestelle verhaftet! Hinterher bekamen wir Besuch von der Geheimpolizei. Uns wurde geraten, die Sache auf sich beruhen zu lassen. Und nach der Diktatur wollte niemand mehr darüber reden."

„Frau Tsokopatis, zur Überprüfung, ob die Leiche tatsächlich Ihr Sohn ist, brauchen wir DNA-Material", erklärte Angelos.

„Was bitte?"

„Haare, Nägel, Körperflüssigkeiten. Selbst nach so langer Zeit kann man herausfinden, zu welchem Menschen sie gehörten!"

Die Alte überlegte.

„Mario war ein begeisterter Radfahrer. 69 hat er die Peleponnes-Rundfahrt gewonnen, obwohl er während des Rennes gestürzt ist. Sein Hemd war voller Blut. Es hängt an der Wand, oben in seinem Zimmer!"

„Könnten wir es bitte sehen?", fragte Angelos.

„Die Treppe hoch, erste Türe rechts. Ich war seit Jahren nicht mehr oben, meine Beine ..."

Angelos und Yariv staunten. Das Zimmer sah so aus, als wäre Mario nie fortgegangen. Wie es sich für einen jungen Mann gehört, lagen überall Kleidungsstücke herum. Aber alles war mit einer dichten Staubschicht überzogen.

An der Wand hing eine rote Fahne – und ein fleckiges Shirt, das sicher einmal weiß gewesen war. Nun war es gelblich verfärbt.

„Du meinst, die Blutflecke kann man noch verwenden?", fragte Yariv.

Angelos nickte.

„Auf jeden Fall!"

Sie entfernten die Reißnägel und nahmen das Shirt von der Wand. Es war steif wie ein Brett.

Als sie wieder nach unten kamen, saß die alte Frau am Küchentisch und weinte.

„Es tut uns leid, dass wir alte Wunden aufge-
rissen haben", sagte Yariv.
Eleni Tsokopatis lächelte.
„Im Gegenteil. Ich kann meinen Sohn endlich
beerdigen. Andere Mütter können an den
Gräbern ihren Kindern nahe sein. Ich wusste nie,
wo ich … Ich hoffe nur, dass ich es noch erlebe,
dass Mario heimkommt!"
Yariv schaute Angelos an.
„Vorausgesetzt, wir können die Leiche identifi-
zieren, bringen wir sie Ihnen persönlich vorbei",
sagte Angelos.
Die alte Frau stand auf, griff nach Angelos´
Hand und küsste sie.
„Eines habe ich noch vergessen: wir brauchen
noch ein Foto von Mario. Die Leiche soll ein
Gesicht bekommen. Das hat er verdient!"

„Puh", sagte Yariv, als sie das Häuschen
verließen. „Den Kopf haben wir, aber das
Sortieren der Knochen dauert Wochen!"
„Sie kriegt den Kopf und einige andere
Knochen. In dem Alter hat man nicht mehr viel
Zeit. Die Frau soll ihre Beerdigung bekommen",
erwiderte Angelos. „Und jetzt auf nach Athen!"
Es war gegen 20 Uhr, als der Hubschrauber im
Stadion von Ornos landete. Wie üblich
schimpften die Nachbarn, weil ihr ganzes
Anwesen mit einem Gemisch aus Staub und
Sand überzogen wurden.
Yariv war sichtlich müde.
Angelos legte den Arm um ihn.

„Du legst dich auf die Couch. Ich koche, hinterher trage ich dich hoch und verwöhne dich. Du brauchst nur dazuliegen!"

„Ohne Eigennutz?", fragte Yariv und grinste.

„Ich lasse sogar die Hose an", sagte Angelos und küsste Yariv auf die Backe.

38

Am nächsten Morgen kam Yariv pfeifend die Treppe herunter. Angelos stand in Shorts vor der Espressomaschine.

„Na, Kleiner? Dir geht's wohl besser?"

Yariv umarmte Angelos von hinten.

„Nach diesem Abend kein Wunder. Das war schön. Danke!"

„Und vollkommen uneigennützig. Aber wenn du dich weiterhin an mir reibst …"

„Vielleicht mache ich das ja mit Absicht. Eine kleine Belohnung am Morgen?"

Zwanzig Minuten später war auch Kommissar Angelos Nikakis entspannter.

„Also: letzte Vorbereitungen für die Show!"

„Abu schickt sechs Mann und den Hubschrauber. Wir brauchen noch das Autopsieergebnis aus Athen", sagte Yariv.

„Und wir brauchen Tel Aviv. Yossi und seine IT-Truppe. Glaubst du, er spielt mit?"

„Das würde ich ihm raten. Schließlich waren es seine Leute, die uns den Mist eingebrockt haben. Oder besser: mir", knurrte Angelos.

Tatsächlich war Yossi mehr als hilfsbereit.

„Das ist das Mindeste, was wir tun können. Ich hoffe, du trägst uns das nicht nach!"

„Das hängt davon ab, wie überzeugend eure neueste Produktion rüberkommt", sagte Angelos.

„Neue Produktion?"

„Ja. Deine Video-Spezialisten dürfen jetzt für mich arbeiten. Eine kleine Vorführung am Abend des Festaktes!"

Yossi lachte.

„Die Angelos-Show!"

„Die Gerechtigkeits-Show", korrigierte ihn Angelos.

„Ich habe eine Art Drehbuch, garniert mit kleinen Videosequenzen und Fotos. Kommt alles per Mail. Und deine IT-Spezialisten müssen dafür sorgen, dass das Filmchen von GMI nicht erscheint!"

„Ich nehme an, es handelt sich um eine LED-Wand mit zwei Steuerungscomputern, einer in Reserve! Du möchtest also, dass deren Signal gestört wird!"

„Und dafür meine Hollywood-Produktion läuft. 15 Minuten. Ihr müsst mir 15 Minuten verschaffen!"

145

„Ich bin jetzt nicht der totale Experte, aber mit einem Austausch des Empfängers an der LED-Wand müsste es gehen, möglichst an einer unzugänglichen Stelle – ganz oben. Gleichzeitig müssen die Sendergeräte blockiert werden. Aber das kriegen meine Jungs hin. Ich schicke dir zwei! Das Problem wird nur sein, den Empfänger ungesehen zu montieren", sagte Yossi.

„In der Nacht müsste es klappen. Die Security von GMI wird auf wundersame Weise nicht rechtzeitig erscheinen!"

„Wo sind die denn?", fragte Yossi.

„Nach letzten Angaben irgendwo in Ruanda", sagte Angelos.

Yossi lachte.

„Sind wir dann quitt?"

„Das muss ich mir noch überlegen", sagte Angelos.

„Wieviel Zeit haben wir?"

„36 Stunden", sagte Angelos.

Yossi stöhnte.

„Was ist? Denkt einfach, es handelt sich um Zentrifugen für den Iran", sagte Angelos.

„Erinnere mich bloß nicht daran", grantelte Yossi.

Zufrieden wischte Angelos das Gespräch weg. Yariv stand in der Tür und lächelte.

„Gute Nachrichten. Karnezis hat angerufen. Die DNA des Schädels stimmt mit der des Shirts überein", sagte Yariv. „Sorry, aber das sagt noch nichts über den Täter aus und das weißt du!"

„Klar. Es ist kein eindeutiger Beweis. Aber das Verbrechen fand auf dem Gelände von Mykobar statt. Die Leiche wurde dort entsorgt. Ein Motiv gibt es auch. Die Kausalfolge ist schlüssig!"

„Ich stimme Ihnen zu, Herr Staatsanwalt, aber für eine Verurteilung reicht das niemals. Du musst einen konkreten Täter liefern", widersprach Yariv.

Angelos schüttelte den Kopf.

„Was ist der Sinn einer Show?"

„Äh. Die Leute zu unterhalten?"

„Richtig. Eine Show soll ein Kopfkino in Gang setzen. Mithilfe der Medien schaffen wir es, Panik zu stiften", sagte Angelos.

„Aha. Und wer panisch ist …"

„…der begeht Fehler!"

„Lass mich raten: eine Festnahme ist nicht das oberste Ziel", sagte Yariv.

Angelos lächelte.

„Ich will, dass der ganze Laden unter einer Ladung Geröll begraben wird!"

„Tu mir bitte einen Gefallen und trete einen Schritt zurück, sobald es kracht. Du hast es versprochen. Sonst muss ich das Safeword verwenden", sagte Yariv.

„Wow. Was ist eigentlich die männliche Form für ,Domina'? Domino?"

„Master. Und das weißt du genau! Du bist schließlich der ,Grandmaster of Shows'. Also:

let´s get ready to rumble", sagte Yariv. „Aber irgendwie schaust du besorgt aus!"

„Du weißt, dass ich Selbstzweifel habe und die mit Adrenalin und Action auszugleichen suche!"

„Hör zu, Großer. Ich war 27, als ich dich getroffen habe. Und vorher habe ich nicht ein einziges Mal an Sex mit einem Mann gedacht. Jetzt bin ich mit dir verheiratet, und zwar glücklich. Du musst also etwas Besonderes sein", meinte Yariv. „Und ich bin mir ziemlich sicher, dass ich dir am Sonntag applaudiere!"

Angelos zog die Augenbraue hoch.

„Abu hat geplappert, oder? Er hat dir von dem Profiler erzählt!"

„Ja, hat er. Dafür, dass er uns nicht kennt, hat er uns erstaunlich treffend charakterisiert!"

„Du weißt auch das, was er über dich gesagt hat?"

„Klar – und er hat recht. Ich bin mit Applaus sparsam, bewundere dich aber trotzdem. Wenn du es wünscht, werde ich dir – wie es Alex gemacht hat – drei Mal pro Tag sagen, dass du schön und clever bist. Vom dritten Kriterium brauchen wir – denke ich -nicht reden", sagte Yariv.

„Das musst du nicht. Einmal die Woche würde mir schon helfen!"

39

Der Abend der Entscheidung war da. „Eines muss man ihnen lassen: sie können richtig Schaumschlagen", sagte Yariv.

Die Ruinen der ehemaligen Siedlung waren in Bengalfeuer getaucht, auf der Stirnseite der Kapelle St. Barbara tanzte ein Laser.

„Da unten flattern mehr griechische Fahnen als in ganz Athen! Man könnte meinen, Mykobar wäre ein griechisches Unternehmen!"

„Sie kennen unsere Psyche. Wir Griechen beten selbst einen Misthaufen an, wenn darüber die weiß-blaue Fahne flattert", sagte Angelos.

Sie hatten ihren Kommandostand auf dem Hügel, gut achtzig Meter über dem Bergwerksgelände eingerichtet. In dem unvermeidlichen schwarzen Van saßen Eli und Michail, zwei von Yossis Leuten aus Tel Aviv.

Die zwei Hacker sahen überhaupt nicht aus wie Nerds. Gutaussehend, trainierte Körper – und sie verstanden ihr Handwerk

„Alles bereit, die Herren?"

Eli nickte.

„Wir lassen deren Produktion laufen, bis ich es sage. Dann kommt unser Blockbuster", sagte Angelos. „Es darf nichts schiefgehen, weil Yariv und ich hinuntergehen müssen. Wir verlassen uns auf euch!"

Als Yariv und Angelos am Fuß des Hügels ankamen, lief noch die Begrüßungszeremonie. Chris Keller strahlte wie in einer Zahnpasta-werbung. Und mit seinem Instinkt für politisch wirkungsvolle Auftritte erschien Präfekt Napoleon Zervas als Letzter.

Das Event begann wie fast alle ähnlichen Veranstaltungen mit Bildern, die das exakte Gegenteil dessen zeigten, was Realität ist. Man sah Regenwälder, Wasserfälle, dann eine Mine, die eher aussah wie eine Villa in den Hamptons. Alles sauber und grün – und lauter glückliche Gesichter. Arbeiter, Kinder und Frauen, deren Blick eines vermittelte: GMI ist wie eine Familie.

Aber noch während das GMI-Logo leuchtete, gab es ein Rauschen auf der LED-Wand. Als Nächstes sah man Angelos Nikakis.

„Guten Abend. Normalerweise wird der Bürger-meister zu einem derartigen Ereignis eingeladen und spricht ein Grußwort. Nun, dann tue ich dies hiermit. Es wird aber auch gleichzeitig eine Verabschiedung, denn diese Mine wird nie mehr geöffnet. GMI hat sich die Konzession erschlichen, durch Straftaten wie Bestechung und Mord!"

Keller blickte zu seinem IT-Techniker, der nur mit den Schultern zuckte.

„Aber die Öffentlichkeit hat natürlich das Recht zu erfahren, was passiert ist: das Gelände steht seit Jahren unter Denkmalschutz und einem Bauverbot. Dies wollte GMI aushebeln. Wie macht man das? Man schickt zwei unbedarfte Studenten in die Mine und sorgt dann für ein ‚Unglück‘. Diese zwei jungen Männer waren nicht die ersten und auch nicht die letzten Opfer der gewissenlosen Gier!"

Auf dem Schirm sah man Bilder der zwei Studenten.

„Es war natürlich kein Unglück, aber man verkaufte es so, denn dadurch ergab sich die Möglichkeit, alle technischen Geräte nach Mykonos zu schicken. Um die Leichen zu bergen, mussten Arbeiten durchgeführt werden, die als Bergbautätigkeit gelten – und natürlich erteilte die Präfektur in Syros die Genehmigung. Vordergründig aus Altruismus, in Wahrheit wurde wie so oft in Griechenland geschmiert. Daher bin ich hoch erfreut, dass der Präfekt persönlich anwesend ist: Napoleon Zervas! Wie Sie sehen, macht er seinem Namen alle Ehre!"

Auf dem Screen sah man eine kurze Sequenz, in der der Präfekt nackt und gefesselt auf einem Bett lag. Durch die Menge ging ein Raunen, die Medienvertreter lachten.

„Falsches Bild, Entschuldigung. Hier ist das Richtige: ein Kontoauszug einer Bank auf den Virgin Islands. Eine halbe Millionen Euro! Es hat etwas gedauert und es bedurfte Hilfe von außen, um die verschlungenen Wege der Überweisung nachvollziehen zu können. Aber letztendlich kamen wir an Videoaufnahmen, die den Herrn Präfekten beim Betreten der

Cyprus MedBank in Larnaca zeigen, einer Tochter der Bank auf den Virgins. Grober Fehler: Betrete niemals die Bank, bei der dein Geld liegt, zumindest wenn es illegal erworben ist!"
Der Präfekt wollte aufstehen, aber Yarivs Gesichtsausdruck war eindeutig: Sitzenbleiben! Die Frau des Präfekten hingegen verpasste ihrem Mann eine Ohrfeige und durfte die Tribüne verlassen. Sie hatte ihm den Fehltritt verziehen, nicht aber, dass er ihr nichts über den Vermögenszuwachs erzählt hat.
„Dann kam der zweite Schritt. Man musste mich ausschalten, da man wusste, dass ich die Wiedereröffnung der Mine verhindern würde. Man produzierte ein widerliches Deep Fake-Video, um mich zu diskreditieren. Ich musste mein Amt ruhen lassen. Just innerhalb dieser drei Tage erteilte die Präfektur in Syros die endgültige Abbaugenehmigung. Als klar war, dass ich unschuldig bin, war es zu spät. Die Sache war gelaufen, zumindest vorläufig. Dann machte GMI einen schweren Fehler: man ermordete einen alten Mann!"
Zu sehen war die Leiche des alten Mantzaris. Die Menge stöhnte auf.
„Halt endlich die Klappe, Nikakis", schrie Keller.
„Sprechen Sie zuhause auch mit Ihrem Fernseher?", rief Yariv. „HINSETZEN!"
„Und warum tat man das? Weil dieser Mann der Schlüssel war zu früheren Morden, die GMI zu verantworten hat!"

Auf dem LED-Screen sah man die Bilder von Mario Tsokopatis und Evangelos Matreras.
„Diese beiden Männer waren Kommunisten, Gewerkschafter und Journalisten. Sie wurden vor fünfzig Jahren ermordet. Ihre Leichen wurden in einem ausgetrockneten Brunnen entsorgt! Es hat fünfzig Jahre gedauert, bis wir ihnen auf die Schliche gekommen sind. Und was machte GMI? Man beauftragte eine Sicherheitsfirma – genauer: Söldner – den Brunnen zu bewachen und uns an der Offenlegung seiner Geheimnisse zu hindern. Eine hilfreiche Hand half uns dabei, die Herren in eine andere Richtung zu schicken. Zuerst flogen sie in den Kongo, dann nach Mombasa. Nun sind sie – Sie sehen das Blinken auf der Karte – kurz vor Kairo!"
Gelächter.
„In dem Brunnen fanden wir, was wir erwartet hatten. Eine unwürdige vorletzte Ruhestätte!"
Zu sehen waren die Leichenteile von Mario Tsokopatis, die sortiert auf einem Pathologie-tisch lagen.
„Man beachte das Loch im Hinterkopf. Es war ein hinterlistiger und feiger Mord! Ich denke, dass die Regierung in Athen die Konzession mit sofortiger Wirkung entzieht. Alle Gäste dürfen das Gelände ungehindert verlassen. Nur Mr. Keller, Stefanos Kapino und der Herr Präfekt bleiben hier!"

Das Video war beendet. Zum Abschluss sah man drei Fotos. Die von Keller, Kapino und dem Präfekten – als Verbrecherfotos.
Doch weder Keller noch Kapino blieben sitzen. Kapino lief den Berg hoch, Keller verschwand in Stollen sechs.

40

Yariv, zeig mir den Plan", sagte Angelos.
Yariv zog das iPad aus der Hose.
„Früher hatte man die Waffe hinten stecken. Schöne, neue Welt", sagte Angelos.
„Stollen sechs hat unendlich viele Ausgänge, vier, sechs, acht! Egal. Irgendwann muss er herauskommen. Warum solltest du hinterher? Ah, verstehe. Meinem Mann steht der Sinn wieder mal nach Action. Herrgott. Da drin ist es stockdunkel und du kennst dich nicht aus!"
„Ich habe eine Waffe und ein Nachtsichtgerät", protestierte Angelos.
Dann fiel der Blick auf die Lore, die als Bartheke umfunktioniert wurde.
Angelos kippte sie samt den teuren Bollinger-Flaschen um.

„Bist du verrückt? Du weißt gar nicht, ob da drin noch Gleise sind", sagte Yariv aufgebracht.
„Doch. Schau auf die Karte. Dort, wo keine Gleise mehr sind, hat der Alte die Linie gestrichelt, bei den anderen geht die Linie durch. Mehr Schutz kann man nicht haben!"
„Ja, klar. Außer das Ding fliegt in der Kurve raus und stürzt in den Abgrund!"
„Jetzt hol bitte zwei Mann von Abu und dann schiebt ihr mich rein. Und du suchst Kapino. Nimm den Hubschrauber!"
„Grundgütiger. Ich bin mit einem Irren verheiratet", meckerte Yariv.
„Aber gutaussehend und clever", sagte Angelos.
„Hilft mir nur nichts, wenn du tot bist!"
Dennoch rief Yariv über das Mikro zwei von Abus Männern. Angelos kroch in die Lore und verschwand in Stollen sechs.
Schon nach fünfzig Metern war es stockdunkel und er setzte das Nachtsichtgerät auf.
Das Quietschen der Lore war ohrenbetäubend. Plötzlich ging es bergab und die Lore wurde schneller.
Wo ist Keller? Ich hätte das iPad mitnehmen sollen, dachte Angelos, als die Lore plötzlich gegen ein Hindernis prallte und er in hohem Bogen durch den Stollen flog.
Angelos stöhnte und zählte zuerst seine Knochen durch. Gebrochen war nichts.
„Es ist von Vorteil, wenn man die Örtlichkeiten kennt, Nikakis. Mein Vater nahm mich mit nach

Mykonos, um mir zu zeigen, was Arbeit ist. Oder, nein, er wollte mir zeigen, wenn andere arbeiten!"

Keller lachte.

„Ich fuhr immer wieder in diese Stollen ein. Ich war eine Art Maskottchen. Und ich saß bei allen Besprechungen dabei!"

Angelos versuchte, sich aufzurichten.

„Schön sitzenbleiben", befahl Keller.

Er hatte eine Waffe in der Hand.

Über das Headset war Yarivs Stimme zu hören: „Einer von Abus Männern hat seine Waffe verloren!"

„Das Ding zielt gerade auf mich", knurrte Angelos.

„Ah, Ihr Mann von außen. Nehmen Sie den Helm ab, sofort und schön langsam!"

„Was soll das, Keller. Sie sind erledigt. Ob Sie nun in den Knast kommen oder nicht. Sie sind für jede Firma untragbar, der Name verbrannt!"

„Kann sein, aber Sie nehme ich mit auf die Reise!"

Angelos´ einziger Vorteil war, dass Keller nur das Licht des Handys hatte, das in der Brusttasche seines Jackets steckte.

Angelos packte mit der rechten Hand ein paar Steine und warf sie Richtung Keller.

Ein Schuss hallte durch den Stollen, aber Angelos spürte keinen Schmerz.

Dann fiel ein zweiter Schuss.

Keller fiel.

Eine Gestalt mit Nachtsichtgerät näherte sich und gab Keller den Fangschuss.
Die Gestalt nahm das Gerät ab.
Es war Richter Alessandros Migiakis.
„Auch ich kenne diese Stollen. Wie geht es dem Herrn Bürgermeister? Übrigens: sauberer Stunt!"

41

Zwanzig Minuten später

Angelos spürte, dass ihm jemand auf die Schulter klopfte.
Es war Richter Mantzaris.
„Ich … musste herkommen. Ich entschuldige mich dafür, dass ich dir Vorwürfe gemacht habe wegen Papa. Aber ich denke, er sitzt da oben und jubelt mit dir. Er hätte nie gedacht, dass er es noch erleben würde, dass seinen Kollegen Gerechtigkeit widerfährt. Wäre er live dabei gewesen, er hätte dich umarmt und nie mehr losgelassen. Die Angehörigen erfahren endlich, was passiert ist. Sie können die Opfer beerdigen und Frieden finden!"
Dem alten Mann liefen die Tränen über das Gesicht.

„Du hast mir das Leben gerettet, Alessandros", sagte Angelos.

Mantzaris nickte.

„Dennoch fehlt mir Papa. Er war ein Rüpel, aber ohne ihn wäre ich nichts", sagte Mantzaris.

„Dein Vater war ein außerordentlicher Mensch. Gerissen, aber gerecht. Ohne ihn wäre es unmöglich gewesen, die Herren zu überführen. Wir können ihm alle dankbar sein. Und außerdem: er ist nicht weg", sagte Angelos.

„Du glaubst an ein Weiterleben nach dem Tod? Seit wann bist du denn religiös?"

„Lass dir einen Rat geben: beerdige deinen Vater auf eurem Grundstück!"

„So wie du es mit Alex gemacht hast?"

Angelos nickte.

„Es vergeht keine Woche, an dem ich nicht mit ihm spreche!"

„Und er antwortete dir?", fragte Mantzaris erstaunt.

„Oh ja. Und nicht alles gefällt mir. Also können die Antworten nicht von mir sein!"

Mantzaris begann lauthals zu lachen.

„Was hast du denn jetzt?", fragte Angelos.

„Mein Vater wird Luftsprünge machen. Wenn er eine Freude hatte, dann die, seine Schwiegertochter zu ärgern. Das gelingt ihm allein durch seine Anwesenheit!"

42

Stefanos Kapinos Lungenflügel bebten und das Seitenstechen brachte ihn fast um. Er musste sich setzen. Kurz vor den Ruinen der Festungsanlage Gizi hockte er sich auf einen Felsen.

Lageanalyse.

Nikakis war Keller in den Stollen gefolgt. Im günstigsten Falle dauert es Stunden, bis er wieder herauskommt.

Er schaute hinunter und sah die Lichter von Ano Mera, im Hintergrund die Bucht von Kalo Livadi. Aber der direkte Weg kam nicht infrage, also muss ich über die Felder und Dutzende von Windmauern überwinden. Dann an der Fabrik hinunter zum alten Pier. Vielleicht kennt Nikakis den nicht, denn die alte Mole kannten nur wenige. Sie war verrostet und nicht mehr sicher. Aber für mein kleines Boot reicht es. Doch: damit übers Meer nach Naxos würde schwierig werden und selbst dort bin ich vor Nikakis nicht sicher. Der Mann ist wie eine tödliche Klette.

Kapino hörte das Knattern eines Hubschraubers. Nikakis? Jetzt schon? Aber er beruhigte sich schnell. Der Heli überquerte die Festung und flog nach Kalo Livadi.

Doch nur vermeintlich. In Wahrheit sagte Yariv dem Piloten, er solle auf dem Busparkplatz von Ano Mera landen. Von dort aus hatte man freie

Sicht auf die Felder. Und mit dem Nachtsichtgerät sah man jedes Lebewesen, als hätte es
eine eigene Beleuchtung.

Er zog das iPad aus der Hose und tippte auf die
Karte des alten Migiakis. Und tatsächlich: er
hatte nicht nur eine Skizze des Bergwerksge-
ländes im Nordosten angefertigt, sondern auch
von der Verladestelle in Kalo Livadi.

Der Alte musste etwas geahnt haben, denn ein
Wort war unterstrichen: MOLE.

Yariv entspannte sich. Sie würden ihn kriegen,
entweder unten am Pier oder auf See. Und er
wusste, für welches Szenario sich Angelos
entscheiden würde.

Eines ohne Wiederkehr.

Aber das konnte Stefanos Kapino noch nicht
wissen. Die Show würde ein würdiges Ende
finden.

„Wo bist du?", fragte Angelos über das
Headset. „Keller hat sich erledigt!"

„Gefasst oder verunglückt?"

„Unfall. Aber ohne mein Zutun. Wo ist Kapino?"

„Er quält sich gerade über eine Windmauer",
sagte Yariv.

„Du bist nicht an ihm dran?"

„Das brauche ich nicht. Ich weiß, wo er hin will.
Zu der alten Mole unterhalb der alten Fabrik!"

„Du meinst, er hat dort ein Boot versteckt?"

„Das denke ich, ja. Aber es spielt keine Rolle,
ob wir ihn uns an Land oder auf dem Meer

greifen. Entkommen kann er uns nicht. Nach Naxos bräuchte er zwei Stunden, und das Meer ist kabbelig!"

„Gut. Dann hol mich bitte ab und dann folgen wir Kapino. Ich würde eine Lösung auf See bevorzugen. Ideal wäre natürlich ein Zodiac!"

„Weil du dem vom Hubschrauber aus die Luft rauslassen kannst", sagte Yariv.

„Kluges Kerlchen. Es ist einfach zusätzliches Pech, wenn man nachts in Seenot gerät und die Küstenwache in Naxos nicht zu erreichen ist!"

„Ist sie das?", fragte Yariv.

„Sie wird es in einer Minute erfahren", sagte Angelos. „Der Bastard hat einem alten Mann die Kehle durchgeschnitten. Mein Interesse, ihn lebend zu fangen, liegt unter null!"

43

Stefanos Kapino stolperte über das ehemalige Verwaltungsgebäude. Er hatte Kalo Livadi erreicht.
Ich muss hinunter zur Mole.
Jede Stufe schickte eine Welle des Schmerzes durch seinen Körper. Als er das Zodiac am Pier liegen sah, ging es ihm etwas besser.

Offensichtlich kannte Nikakis die alte Mole doch nicht.

Seine Glückssträhne hielt an: der Motor des Zodiacs sprang an.

Gut. 49 Kilometer bis Naxos. Das Ding fährt maximal 25. Zwei Stunden übers offene Meer. Die Strömung zwischen Mykonos und Naxos war tückisch, aber Stefanos Kapino war Mykonier. Ich werde es schaffen. Wenn nur nicht Vollmond wäre, man konnte kilometerweit sehen.

Er hatte den Satz noch nicht zu Ende gedacht, als er ein leises Knattern hörte.

Ein Hubschrauber – und das weit nach Mitternacht? Das war kein Scheich, kein Oligarch – das war Angelos Nikakis.

Der Lärm der Rotoren wurde lauter.

Er kann mich nicht abschießen, dachte Kapino und versuchte Zick-zack zu fahren.

Dann hörte Stefanos Kapino einen Schuss und duckte sich instinktiv.

Daneben.

Wieder wechselte Kapino die Richtung.

Zwei weitere Schüsse.

Dann hörte Kapino ein zischendes Geräusch und er wusste, wie er sterben würde.

Naxos würde er nie erreichen.

44

Es war gegen 16 Uhr.
Am Fabrika-Platz herrschte das übliche
Chaos.
Die Busse von den Stränden trafen wie immer
zeitgleich ein, obwohl der Fahrplan eine
Staffelung vorsah. Den größten Lärm
veranstalteten wie immer die Fahrgäste des
Busses vom Paradise Beach.
Angelos und Yariv standen auf dem Friedhof.
Zwar war der Lärm zu hören, aber es schien, als
verlaufe eine unsichtbare Schutzwand um den
Totenacker.
„Ich hätte nie gedacht, dass ich das mal über
einen Friedhof sagen würde: aber es ist schön
hier. Man fühlt sich irgendwie geborgen", sagte
Yariv.
Die beiden standen am Grab von Dimitri. Athen
hatte am Tag zuvor den Sarg zurückgeschickt.
„Jetzt hat er endgültig Frieden", flüsterte
Angelos.
„Es geht dir immer noch nahe, aber du kannst
nichts für seinen Tod. Dass er sich in dich verliebt
hat, konntest du nicht beeinflussen!"
„Ich hätte vielleicht gröber sein müssen, ihm
klarmachen, dass er sich von mir fernhalten
soll!"
„Das hast du nicht übers Herz gebracht, weil du
ihn mochtest", sagte Yariv.

Angelos nickte.

„Für ihn war das nicht genug!"

Angelos kniete sich hin und legte eine Schachtel auf den Sarg.

„Was ist da drin? Entschuldige: du musst es mir aber nicht sagen!"

„Ein Brief, das Foto von dem Zungenkuss und eine Haarsträhne. Darum hat er mich mehrmals gebeten", sagte Angelos.

„Schöne Geste. Er freut sich bestimmt", sagte Yariv und legte den Arm um Angelos.

„Bevor ich jetzt in Tränen ausbreche, fange ich lieber an", sagte Angelos, griff zur Schaufel und begann Erde auf den Sarg zu werfen.

„Soll ich dir helfen?", fragte Yariv.

„Danke, Kleiner, aber das muss ich alleine tun!" Yariv nickte und ging.

45

Könntest du mir noch einmal erklären, warum wir mit diesem Mister Abendessen gehen?", fragte Yariv.

„Weil er mir die Schenkungsurkunde für das Gelände persönlich übergeben möchte. Das ist doch ein ausreichender Grund, oder?", sagte Angelos und zog die Jeans an.

„Ah. Die hautenge. Sicher, dass es keinen anderen Grund gibt?"

„Hör mal. Ohne ihn wären die Söldner pünktlich hier eingetroffen, wir hätten den Brunnen nicht öffnen können und … du weißt das alles!"

„Schon verstanden. Nur hat mir Abu erzählt …"

„Oh, diese Plaudertasche", knurrte Angelos

„…dass der Herr mehr als angetan war von dem, was er gesehen hat", stichelte Yariv.

„Und? Mir reicht, wenn du angetan bist. Und jetzt los!"

Philipp Harris hatte sie ins „Narcissus" nach Kouros eingeladen, quasi um die Ecke.

Und es wurde ein heiterer Abend.

„Es gibt nur Sieger am Tisch. GMI ist unter neuer Leitung, die schlimmsten Bergwerke werden geschlossen und Mykonos bleibt eine reine Touristeninsel!"

„Vielen Dank nochmals für Ihre Hilfe und die Schenkungsurkunde", sagte Angelos.

„Selten hat mir ein Einsatz so viel Freude bereitet wie dieser", meinte Harris.

„Das glaube ich Ihnen sofort", meinte Yariv und grinste breit.

„Oh, eine Spitze. Ihr Ehemann hat mich durchschaut, aber damit habe ich gerechnet. Keine Sorge. Mir reicht die schiere Präsenz und ein nettes Gespräch. Sie beide sind das perfekte Paar und das ist so etwas wie ein Unikat. Aus professioneller Sicht höchst interessant. Aber Yariv, sollten Sie jemals die

Absicht haben, Ihren Mann zu verlassen, sagen Sie mir kurz Bescheid, damit ich mich für die Stelle bewerben kann!"

„HALLO? Ich bin noch hier", murrte Angelos.

„Und genau das macht uns alle froh", sagte Harris.

„Wie heißt das Unternehmen denn jetzt?", fragte Angelos.

„RTP – Rebuild the planet"

Alle drei prusteten los.

„Ich hätte noch eine kleine Bitte, Philipp"

„Lassen Sie hören!"

„Sie wissen, dass dort oben das Erdreich verseucht ist. Bedeutet ‚Rebuild the planet' nicht, den Urzustand wiederherzustellen?"

Harris lachte.

„Gut. 10 Millionen für die Entsorgung des Erdreichs. Und jetzt bitte nicht mehr diesen Blick, sonst falle ich unter den Tisch! Sie möchten wirklich nicht für uns arbeiten?"

Yariv fletschte die Zähne.

„Nur über meine Leiche!"

„Darf ich dann wenigstens dem Fanclub beitreten?"

„Gott sei Dank gibt es kein Jahrestreffen, sonst wäre das Stadion zu klein", knurrte Yariv.

„Er ist eifersüchtig, obwohl es nicht seinem Wesen entspricht. Gute Aussichten, Angelos!"

„Und jetzt Schluss mit der Lobpreisung, sonst schlägt der Pfau Flügel und passt nicht mehr durch die Türe", sagte Yariv.

„HALLO? Der Pfau sitzt immer noch hier!"

Der ursprünglich geplante Band „Hades"
musste verschoben werden, da einige Recher-
chen vor Ort nicht möglich waren.
Die Chronologie wird davon aber nicht berührt.

Wer sich für die Geologie von Mykonos
interessiert, der klicke auf
https://hal-insu.archives-ouvertes.fr/insu
00819811/document

MYKONOS CRIME 28

Die Engel der Finsternis

erscheint voraussichtlich im Dezember

Ausgerechnet auf Mykonos sollen Friedensver-
handlungen zwischen Israelis und Palästinensern
stattfinden. Ein logistischer Alptraum für Kommissar
Angelos Nikakis. Die Bucht von Kalo Livadi scheint
sich hervorragend dafür zu eignen. Leicht
absperrbar, mit eigenen Piers und einem Heliport.
Aber er macht sich keine Illusionen.
Unangemeldete Gäste mit düsteren Absichten
werden den Gipfel ebenfalls „besuchen": die
Engel der Finsternis.

MYKONOS CRIME 29

Der Strand der toten Köpfe

Bisher erschienen auf Deutsch:

Paul Katsitis – Goldrausch 27

Von wegen: der Wohlstand von Mykonos beruht auf dem Tourismus. Nein. Während auf den anderen Ägäis-Inseln gehungert wurde, genoss Mykonos durch seine Bergwerke eine Sonderstellung.

Zwar wurden die letzten Minen vor vierzig Jahren geschlossen, plötzlich aber werden zwei Geologen in einem Schacht tot aufgefunden. Und ein amerikanischer Konzern zeigt auffälliges Interesse an den Bergwerken. Der Gegner: Kommissar und Bürgermeister Angelos Nikakis. Als der Vater des Amtsrichters ermordet wird und sich herausstellt, dass die Firma dafür verantwortlich ist, wird die Angelegenheit mehr als persönlich.

Paul Katsitis – Smyrna 26

Ein van Gogh, der 1922 in Smyrna verschwand, brachte keinem der Besitzer Glück. Alle seine Besitzer starben eines gewaltsamen Todes.

Hundert Jahre später taucht das Gemälde auf Mykonos auf und bringt Kommissar Angelos Nikakis in Lebensgefahr.

Paul Katsitis – Schläfer 25

Kommissar Angelos Nikakis hat gleich zwei haarige
Fälle zu lösen: in Saloniki explodiert eine Bombe und
vor Mykonos werden auf einer Party-Yacht vier
leblose Körper gefunden, allerdings ohne jegliche
Verletzungen. Mysteriös – und nur langsam lassen
sich die Fäden verbinden. Mit einer schlimmen
Vermutung: Der Täter lebt seit Jahren auf der Insel.
Ein Schläfer.

Paul Katsitis – Lebendig begraben 24

Ein Anrufer behauptet, unter einer frisch asphaltierten
Straße auf Mykonos läge ein lebendig begrabener
Mann. Kommissar Angelos Nikakis hat erst seine
Zweifel – und scheut die Kosten. Als er sich doch dazu
entschließt, die Straße aufreißen zu lassen, zeigt sich:
in einer Kammer darunter liegt tatsächlich eine
männliche Leiche. Damit nicht genug: im Magen des
Toten findet sich ein USB-Stick.

Paul Katsitis – Sisa 23

Drogen und Mykonos ziehen sich wie Magnete
gegenseitig an. Da der Effekt nicht zu stoppen ist,
hat Kommissar Angelos Nikakis mit dem größten
Drogenhändler der Ägäis, Abu Bakar, ein
Abkommen getroffen: keine gestreckte Ware,

begrenzte Menge, keine Lieferung an Jugendliche und keine Gewalt auf der Insel. Im Gegenzug drückt Angelos beide Augen zu, auch weil er die übliche Drogenpolitik für Heuchelei hält. Seit drei Jahren gab es keine Drogentoten mehr – der Deal funktioniert. Doch nun taucht ein neuer Player auf, der das Monopol mit Gewalt brechen will. Beim Angriff auf Abus Yacht wird diese zerstört und Abu schwer verletzt. Angelos hilft Abu, denn er will Ruhe auf Mykonos – doch die Rechnung bezahlt Angelos´ Ehemann Yariv.

Paul Katsitis – Pontifex 22

Das Oberhaupt der orthodoxen Kirche, Hieronymus, besucht Mykonos. Ein unangenehmer Termin für den schwulen und atheistischen Bürgermeister und Kommissar Angelos Nikakis.
Während des Besuchs wird der Staatssekretär des Metropoliten ermordet aufgefunden.
Hieronymus bittet Angelos um Hilfe, denn es geht nicht nur um einen Mord, sondern um die schiere Existenz der griechischen Kirche. Ein Pergament aus dem 4. Jahrhundert stellt deren Zukunft infrage.

Paul Katsitis – Yariv 21

Mykonos im Juni: gähnend leer, dank Corona. Nach der Öffnung der Insel ist es vorbei mit der erzwungenen Ruhe: im Haus eines hochrangigen Politikers wird eine tote Frau gefunden.

Und Kommissar Angelos Nikakis hat noch ein weiteres Problem: sein Kollege Yariv wird bei einem Einsatz in Athen schwer verletzt.

Paul Katsitis – Darknet 20

An der Uferpromenade mitten in Mykonos-Stadt wird die Leiche eines jungen Mädchens gefunden, das niemand kennt. Gefoltert und vergewaltigt.
Als ein zweites Opfer gefunden wird, vermutet Kommissar Angelos Nikakis, dass er es mit einem Pädophilenring zu tun haben könnte. Zusammen mit seinem Athener Kollegen Yariv Markaris, einem Darknet-Spezialisten, nimmt er die Spur auf. Er stößt dabei auf Beteiligte, die aus den höchsten Kreisen in Athen stammen und die ihre eigene „Flüchtlingspolitik" verfolgen.

Paul Katsitis – Carneval 19

Carneval in Griechenland? Bestimmt nicht, denken viele. Von wegen: Rosenmontag ist einer der wichtigsten Feiertage. Doch auf Mykonos wird Carneval gestört: in der Nähe von Kalafati wird ein Motorradfahrer tot aufgefunden. Obwohl der Kopf abgetrennt wurde, gelingt es Kommissar Angelos Nikakis schnell, ihn zu identifizieren: das Opfer ist ein Emirati, Landsmann von Angelos´ Ehemann Khaled. Zufälle gibt es nicht, sagt Angelos immer – und leider behält er Recht.

Paul Katsitis – Tödliche Libido 18

Auf einem Kreuzfahrtschiff wird ein 19-jähriger Steward vermisst.
Kommissar Angelos Nikakis nimmt den Fall zunächst nicht ernst. ‚Der Junge macht sich auf Mykonos ein paar schöne Tage‘, denkt er. Und es gibt keine Leiche.
Doch er täuscht sich. Eines Abends besucht ihn der Premierminister, Antonis Migiakis, der mit Angelos befreundet ist und gesteht, dass der junge Pavlos sein heimlicher Liebhaber war.
Kurz darauf melden sich die Entführer – und die Forderungen haben es in sich. Angelos muss den Jungen finden, sonst ist Migiakis politisch erledigt. Und zur Lösung des Falls braucht er die Hilfe eines altbekannten Drogenbarons: Abu Bakar.

Paul Katsitis – Botschafter 17

Kommissar Angelos Nikakis und sein Partner Khaled retten ein Kind vor dem Ertrinken. Es ist zufällig der Sohn des israelischen Botschafters. Aus Dankbarkeit wird der Botschafter der Trauzeuge von Angelos und Khaled. Einen Tag später zerreißt eine Bombe dessen Wagen. Was zunächst nach einem Terrorakt aussieht, entpuppt sich als ein Geflecht aus Kunstdiebstahl, Verschwörung und Mord. Und Kommissar Nikakis muss tief in der Vergangenheit wühlen.

Paul Katsitis – Spione 16

Ein russischer Überläufer soll über Mykonos in den Westen geschleust werden. Auf der Kykladen-Insel soll er sich in einer der zahlreichen Schönheits-kliniken eine gesichtsveränderte Operation unterziehen. Kommissar Angelos Nikakis soll den Agenten während des Aufenthaltes schützen. Kein größeres Problem, denkt er. Bis plötzlich drei Geheimdienste auf der Insel am Werke sind. Und sich letztlich Angelos´ Leben für immer verändert.

Paul Katsitis – Khaled 15

Eine Explosion auf Delos töten einen Archäologen. Das erste Rätsel für Kommissar und Bürgermeister Angelos Nikakis. Das zweite Rätsel hingegen – wen er denn nun liebt – löst sich: er trennt sich von Alex und zieht zu Kronprinz Khaled. Doch zwei Tage später wird dieser von einem Attentäter niedergeschossen

Paul Katsitis – Trauma 14

Chefermittler und Bürgermeister Angelos Nikakis glaubt es zunächst nicht: auf der trockenen Insel Mykonos soll ein Golfplatz errichtet werden. Als Nikakis den Investor trifft, glaubt er ihn zu kennen. Bevor er sich erinnert, ereignen sich zwei Morde. Angelos´ Ehemann Alex findet währenddessen heraus, woher Angelos den Investor kennt.
Bald geschieht ein dritter Mord. Und der Täter ist Alex.

Paul Katsitis – Royals 13

Zehn Seemeilen entfernt von Mykonos wird ein großes Gasfeld entdeckt. Bürgermeister und Kommissar Angelos Nikakis greift zu allen (auch illegalen) Tricks, um Bohrtürme in der Ägäis zu verhindern.

Als dann eine Prinzessin des Emirats Katar während eines Besuchs auf Mykonos entführt wird, scheint es zunächst nicht so, als würde ein Zusammenhang bestehen. Wenige Tage später ist die Prinzessin tot – und Angelos Nikakis sitzt im Gefängnis.

Paul Katsitis – Der Putsch 12

1967 putscht in Griechenland das Militär. Hellas und auch Mykonos ächzen unter der Diktatur.
52 Jahre später gibt es wieder einen Regierungswechsel in Athen. Doch die Ereignisse von damals werfen ihre späten Schatten.
Ein Flugzeugabsturz und Kommissar Angelos Nikakis sorgen dafür, dass es zu einem politischen Erdbeben kommt.

Paul Katsitis – Glut 11

Der Alptraum aller Chora-Bewohner wird wahr. Ein Großbrand wütet in den engen Gassen der Stadt. Eine knifflige Aufgabe nicht nur für die Feuerwehr, sondern auch für Kommissar und Bürgermeister Angelos Nikakis. Denn in einem Haus findet man eine Leiche. Ein Brandopfer, denken viele. Doch sie wurde erschossen. Drei weitere Morde und der

Wiederaufbau lassen Angelos kaum Zeit Luft zu holen.

Paul Katsitis – Abseits 10

Im Stadion von Mykonos wird die Leiche eines Mannes gefunden. Da der Mann Fan von Olympiakos Piräus war, geraten alle Anhänger des Konkurrenzvereins Panathinaikos Athen in Verdacht. Die Indizien lassen zunächst keine andere These zu und der Hass zwischen beiden Lagern ist tatsächlich so groß, dass auch ein Mord im Bereich des Möglichen liegt.
Doch als Kommissar Angelos Nikakis in die Welt der Spielerscouts eintaucht, stellt er fest, dass es um ganz andere Dinge ging: um Menschenhandel, Pädophilie und natürlich eine Menge Geld!

Paul Katsitis – Sturm über Mykonos 9

Über Mykonos tobt der schwerste Sturm seit Jahren. Eine Fähre kentert. Angelos ist unter den Rettern, wird aber nach dem Einsatz selbst vermisst. Für zusätzliche Aufregung sorgen zwei Ölfässer, die an Land gespült werden. In ihnen liegen die zerstückelten Leichen von zwei griechischen Soldaten.

Paul Katsitis – Die Maske 8

Nach einem Banküberfall erschießt Alex einen der Räuber auf der Flucht. Da er ihn ohne Vorwarnung in den Rücken geschossen hat, steht er bald unter Anklage.

Im Schatten des Prozesses gelingt es einem neuen, besonders brutalen Drogenhändler, genannt „Máská",sein Netzwerk auszubauen. Und er zögert auch nicht, als sich ihm die Gelegenheit bietet, Kommissar a.D. Angelos Nikakis aus dem Weg zu räumen.

Paul Katsitis – Hass 7

Es ist ein besonderer Fall für die beiden Ermittler Alex und Angelos Nikakis. Die Leiche eines jungen Mannes wird in den Dünen gefunden. Am und im Körper des Toten findet sich die DNA von Angelos. Er wird verhaftet.

Paul Katsitis – Skalpell 6

Am Strand von Ornos wird eine Frauenleiche gefunden. Es ist die Tochter des Bürgermeisters. Der Leiche fehlen Nieren und Leber.

Doch es geht bei der Mordserie nicht nur um Organe, wie die beiden Ermittler Alexandros und Angelos Nikakis bald feststellen. Es existiert ein komplexes Netzwerk, das verschiedene kriminelle Felder abdeckt, und so mancher Inselbewohner ist darin verstrickt.

Paul Katsitis – Inzest 5

Ein Bräutigam, der sich am Tag der Hochzeit vom Balkon stürzt und eine Mädchenleiche in einer Wagenpresse. Zwei Fälle für die beiden Ex-Kommissare Alex und Angelos Nikakis Zwei Fälle, die sich nach und nach aufeinander zu bewegen.

Paul Katsitis – Der-Drei-Sterne-Mord 4

Im besten Restaurant der Insel wird der Chefkoch, ehemals Leibkoch Gaddafis, mit durchschnittener Kehle aufgefunden. Ein schwieriger Fall für Alex und Angelos, zumal die eigene Familie mit beteiligt ist. Der Fall erfährt eine erstaunliche Wendung, als die beiden Ermittler erfahren, dass der britische Außenminister Mykonos besucht – auf dem Landsitz des griechischen Premierministers.

Paul Katsitis – Tattoo 3

Zwei Highlights stehen auf dem Programm des Wochenendes: ein hochdotiertes Beachvolleyball-Turnier und die Eröffnung der ersten Spielbank auf der Insel.

Nicht ins Programm passen zwei Tote: ein 19-jähriger Junge und einer der Beachvolleyballspieler. An dessen „natürlichem Tod" haben die Ermittler Alex und Angelos so ihre Zweifel.

Paul Katsitis – Rache 2

Im Kloster Ano Mera auf Mykonos wird ein Priester tot aufgefunden, dessen Leiche übel zugerichtet ist. Es sieht nach einem Rachemord aus – doch wofür?

Paul Katsitis – Die Bestie von Mykonos 1

Zwei Kriminalbeamte, Alexandros und Ange quittieren den Dienst und eröffnen gemeinsam auf Mykonos eine Bar. Nebenher betreiben sie eine kleine Privat-Detektei. Da die Polizei chronisch unterbesetzt ist, werden Alex und Angelos – wegen ihrer Erfahrung - regelmäßig hinzugezogen.
Mykonos ist in Aufruhr. Offensichtlich foltert, vergewaltigt und tötet ein Mann junge Touristen. Um ihn zu stellen, bleibt nichts anderes übrig, als dass Angelos den Lockvogel spielt – mit furchtbaren Konsequenzen ...

Bisher erschienen auf Englisch:
Mikonos Crime 1: Abducted
Mikonos Crime 2: Confusion
Mikonos Crime 3: The prince
Mikonos Crime 4: Spy
Mikonos Crime 5: Beast
Mikonos Crime 6: Nightkids
Mikonos Crime 7: Yariv

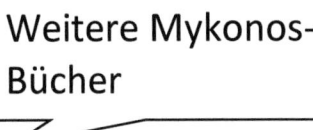

Weitere Mykonos-
Bücher

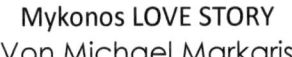

Mykonos LOVE STORY
Von Michael Markaris

„Die Mykonos Love Story 1-11" von Michael Markaris.
Kommissar Pandis hat mit 53 sein Coming-Out und verliebt sich in den 29-jährigen Angelos.

Bisher erschienen:
Mykonos Love Story 1
Mykonos Love Story 2 – Das goldene Ei
Mykonos Love Story 3 – Morgenröte über Mykonos
Mykonos Love Story 4 - Mykonos Speed
Mykonos Love Story 5 – Rape-Vergewaltigung
Mykonos Love Story 6 – Der rosa Leopard
Mykonos Love Story 7 – Rückkehr der Leoparden
Mykonos Love Story 8 – Crash!
Mykonos Love Story 9 – Der tote Pelikan
Mykonos Love Story 10 – Photia-Feuer
Mykonos Love Story 11 – Der tote Archäologe